옹졸하다, 이씨

이철희 세 번째 시집

청춘

피고 질 때마다
이거나 짊어지면서
여기까지의 생생한 흔적

지낼수록 재미가 너끈합니다.

점점 판단 여력이 헷갈려서
석양을 불쏘시개인 양
후후 부는 시늉을 아니 한다면

당신과의 인연을
끈질기게 이어 보렵니다.

2024. 11. 단풍잎 주워 물고…

● 차례

○ 1부 , 시각

2부 , 후각

3부 , 미각

4부 , 촉각

5부 , 감각

1부

•

시각

여명

,

새벽이 떴다.

저절로
아니,
드디어
바라던 하루가 왔다.

오늘따라
어떤 선악이 도사리고 있을까
울렁출렁
심장이 활달하다.

호락호락 쉬워서도 안 되는
조곤조곤 감사의 날이기를
우렁차게 채비한다.

내 안위보다
그 사람에게
어떤 색채의 그림이 그려질지
상상하기 벅찬

옹졸하다, 이씨

굴곡의 빛이
활활 가슴에 차오른다.

5월

,

엽록 향기에 가슴 시리다.
사스락사스락 나부끼는 이파리 여울에
짝사랑이 밴다.

어찌어찌하다가
거래가 성사되어
녹색 향연에 동행한다면
허투루
잃지도 말고
흘리지도 말고
움켜쥐지도 말고
저렇듯 푸르게 살자.

희망이 배신하더라도 결연코.

옹졸하다, 이씨

만감

,

열 가지건
백 가지건
수천 가지로
심란하거나
낭패스러울 때
구름 소리를 들어 보라.

구름은 표류하거나 허상만 그려 내는 게 아니어서
가끔은 나직나직 감미로운 음률로
지친 심신을 포동포동 간질이더라.

몽글몽글
가벼워야 한다고
비워야 채워지지 않겠느냐고
나긋나긋 보듬어 주는 정신 사나운 위안의 메신저.

망말

,

날 때부터 죽는 연습은 시작된다.
탯줄 끊고 울음을 터트리기까지의 숨죽임은 실습이었고

하루걸러
살 아닌 핏덩이에다
예방이랍시고 금속 침을 콕콕 찔러 댈 때
아동 태운 버스가 무시무시하게 달려들 때
공부하기 싫은데 선생님도 무관심일 때
딴 애 군것질에 삐질삐질 제 맨손만 꼼지락거릴 때
쌈박질로 진창 터졌는데 바깥부모처럼 되레 혼쭐낼 때
성장통에 어금니마저 솟아오르는 통증까지 겹칠 때

몸살로 식은땀이 펄펄 끓고 있다는 전갈을 보냈건만
꽃은커녕 문자 한 줄 없는 냉랭한 그 작자가 그래도 무진장 보고
플 때

영장을 면전에 펄럭이며 '좆된 놈한테' 술병 좀 까라더니
입고 있던 팬티만 빼고 홀랑 까 발라먹던
훈병 친구가
어영부영 견뎌 내고 있단 투정 문자 한 쪽지 없을 때

옹졸하다, 이씨

아버지 어머니 부장 사장 빚쟁이
꿔간 돈 안 갚는 친구의 친구 사촌
비자금 바닥났다는데도 채근 떠는 카페 봉실네
가짜 비아그라에 밀가루 보약을 강매한 엄포 공갈꾼 아재
마누라 때문에 자식 때문에
그리고 등등
하고 많은 등등이 살을 에고 있음에 여러 번 목을 조였다 풀었다.
반복된 이룰 수 없었던 유치한 행위

일상을 이러고 살았어.

너 때문에
나 때문에
환장해 죽겠네.
살아도 못 살아
지겨워 죽겠네.
죽어도 못 살아
어휴 죽겠네.
속 쓰려 죽겠네.
정말 죽겠네.

배불러 터져 죽겠네….

그러다 보니
재밌어 죽겠거든!

입에 발린 죽겠다는
그거 다
죽을 연습이니
죽자 살자 복습들 하고
얼른얼른 가시게.

남아서
건성건성 명복은 빌어 주고
퇴주는 거나하게 내 몫으로 함세.

옹졸하다, 이씨

모성

,

전철 안에서 느닷없이 갓난이 울음이 응원가처럼 우렁차다.
강보 안은 채 선 젊은 엄마는 안절부절 당황함이 송골송골 맺히는
이마 땀방울에서 뚜렷하구나.

코앞 좌석에서 은근한 불안으로 스마트폰을 만지작대던 초등생
이 미적미적 엉덩이를 떼자 뭉개던 젊은 놈, 허접한 중년, 구두 뒤
축 삐딱한 신사, 저쪽 옆 하마 부인이 안도의 실눈을 슬며시 감추
더군.

새댁은 추썩추썩 우는 아이 어르며 주변 살필 새 없이 '괜찮은
데⋯.'라는 표정이나 몸뚱이 중 엉덩이는 잽싸게 자리를 비집어 들
고 앉자마자 블라우스 단추를 풀어 젖히며 브래지어를 위로 훌러
덩 젖히는데 살다 살다 풍만하기가 그만한 젖가슴은 처음 보았기
에 기쁨 반 위대함 반으로 함박꽃 보듯 가만히 감탄을 하였다네.
석류보다 뽀얗게 붉은 젖꽃판하며 딸기보다 토돌한 돌기의 과즙
이 아가의 앙증스레 도도록한 입술에 쪽쪽 감기니 충만하기가 순
수하거나 성스럽거나 아름답거나 황홀하더라.

계곡의 폭포수를 통째 흡입할 듯 야무지게 꽃물을 목젖에 담아 꿀
꺽꿀꺽 넘기는 생동 광경이 내 젖꼭지에서도 찌릿찌릿 후끈하게

우윳빛 피가 돌더라니까.

내 이만하기가
내 자식들 저만하기가
저러고 억척스레 먹이고 저렇게 대담한 근성의 두 거룩한 아낙네
덕 아니겠는가,

이후
고분고분 아내 말 잘 듣고
쫀득쫀득 갈비 한 점 어머니 입에 넣어 드리려고
여부없이 다하려 마음은 꾸준히 착해지려 허겁지겁 애쓴다오.

옹졸하다, 이씨

민둥

,

머리 감을 시 샴푸가 아까울 때
다칠세라 허공에 대고 조심조심 빗질할 때
모은 손으로 방바닥 훔치기가 께름할 때

이뿐이랴
모자 쓰고 나섰다가
국민의례 준수하는 자잘한 행사장의 생뚱함이나
심부름 상갓집 문상에서의 어정쩡함이나
양가 혼인 상견례에서 벗자니
그냥 있자니
쭈뼛쭈뼛 처신의 난감함이 어줍다.

그리하여 민숭민숭 나섰더니
겸연쩍어하던 동네 여인이 웬일로 알은체하고
치킨 가게 이미지 패널
독수리 대가리가 친근하고
시장이나 동장이나 주민자치위원장이나
나나
죄다 똑 닮았다고 쑥덜거린다는 느낌이 감지될 때
어리숙한 구석이 편하다.

게다가 스스로 어리둥절한 건
화장품이 어느 결에 발모제로 둔갑한 설명을
주의 깊게 듣고 있음에

그리고 숱한 그 외 것들에
대하여

황당해하지 말고
구시렁대지도 말고
비굴스레 굴지도 말고
쌩쌩 찬 바람이
곳곳에 파고들더라도
무심한 척
무턱대고
별수 없이
이도 저도 삼키면서
터덕터덕 걸어야
그나마 불편한 눈살을 견딘다.

옹졸하다, 이씨

박수

,

얼마나
헛된 꼴에 동조하여 손뼉을 울렸던가.

그동안 덩달아
마지못해 코 꿴
감동 없는 꼬라지가
날로 부끄러워 고개 들 수가 없네.

공허한 박수 소리만큼이나
빈 깡통 속 부스러기처럼
왜틀비틀 쏠려 어지럽던
아, 그 세월도 지근지근하다만
나 말고
똑같은 인생들이
서로 번죽대니
맛이 없다, 살아갈 구실이.

단 한 번
깡통 속 뼈마디가
찌걱찌걱 겉돌더라도

짤랑짤랑 울려 볼 날이
오늘 아니면 내일이라도 떳떳하기를 기다리다 허영이다 싶어
주눅만 잔뜩 들고 돌아서며
공허한 깨진 소리만 들러리로 남긴다.

옹졸하다, 이씨

배짱

,

한여름이고
한겨울이고
기승이란 단어가 기상특보로 왁자지껄할 때
우연찮게 되돌려지는 기억 따라
그곳의 후미진
비어 있는 구석이면 적당하다.

지참한 통장 한 권 없으니
볼일 당연히 없어
제아무리 낯 두껍기로
삼십여 분 죽치고 있기가 어지간하다만
주변을 무의식하면
배포가 두둑해져서
비치된 여성 잡지 광고문 카피까지 섭렵하다가
정수기 물 두서너 잔 눈치껏 뽑아 마시고
사보도 예의 추렴 겸으로
뒤적뒤적 관심 찾는 척하다가
몸 상태가 적정 수준 되었다 싶으면
어깨 허리는 펴되
발걸음은

뒤꿈치가 거북하여도
티 나지 않게
슬그머니
또 오마,
엷은 자취를 흘린다.

옹졸하다, 이씨

상속

,

재로 날려 버렸다.

하는 짓거리들을 보아하니
박 터지게 다투거나 말거나
어설프게 상관했다간 코뼈 왕창 부러지게 생겼거든.

건성건성 사잣밥은 기대마저 엎어 버린 지 오래다.

오백만 원 잔고는 날 기억하고 걸음할 갸륵한 지인들 육개장 몫

그러곤 없다.
털어도 털어도 티겁지 하나 없다.

잘들 해 보라시지.
천국에 물어보든지.

문득

,

낙엽이 나를 부리는 날
가냘픈 가슴부터 눈물이 글썽거린다.

모질지 못한 인생들은 안다.
숨길 수 없고
숨길 필요 없던
꾸덕꾸덕했던 세월이 낙엽처럼 끝날 것이란 것을

저마다 갈 길이 있어
또록또록 떠나려는
계절의 흔적을 싸잡아
짓밟고 꼬깃꼬깃 구겨서
마대에 매장해 버리는 오지랖이
갈기갈기 내 육신을 발리는 섬뜩한 일이다.

무성의 낙엽을 빗질하는
나는 나도
차라리
자루에 담겨 막다른 곳이
내 처지

옹졸하다, 이씨

내 인생의 끝이기를
구슬프게 간곡한다.

애향

,

淸州는
바람이 한갓지다.

물결도 거슬러 오르듯 더디 흐르고
와우산 숲길은 겨르롭게 꾸불텅하며
송화마저 여유작작하여 은근짜 향을 뿜는
언제나 언정이 순한 고을

바라는 것보다
베풀 것 많은 청명한 풍요

공중에 한유히 노니는
폭넓은 구름이
박꽃 모양인 건
딴 뜻 섞이지 않은 청빈한 품성이라
사람마다 고풍스러운 데다가

잡새마저 지저귐이 슬렁슬렁해도
왜 이다지 청아한지
다복다복 여문 추수 알곡은

옹졸하다, 이씨

어찌나 야문지
알다가도 모르겠다우.

딴청 하듯 두리번두리번
허실허실 못 듣고 못하는 척해도
어머니의 빼어난 다듬는 솜씨만큼이나 빈틈없는
나 그리고 우린 충청도 양반
구수한 인심은 보름달 빛보다 그윽하여
속정이 하늘보다 바다보다 땅보다 높고 넓고 깊다.

그대들이여
줄 것 즐길 것 차고 넘쳐 나니
한 발자국씩 자취를 흘리고 가시게나.

더더욱 이곳을 떠날 수 없게끔.

눈물

,

눈물 색깔과 맛은 너나 같을까…. 뜬금없이 궁금하네

희생양 됨이 비통하여 쏟아 내는 울분이 핏빛이라면
모략입네 기자 백여 명은 족히 모아
와글와글 푸짐하게 하소연을 통곡하는 자의 눈물 줄기는 주황 깔
이었나.

범털이 병약한 척 휠체어에 웅크리고는 가식을 흠씬 찍어 내던 욕
념의 눈물방울은 푸른빛이고
오지랖 넓히다 떡잎 신세로 전락한 제 주제가 덜미 잡히자 양미간
을 손가락으로 쥐어 짜낸 콧물 범벅은 칙칙한 검회색인가.

누구네 아들이 몇 수 만에 취직했다는 게 쫄깃하여서
중병에 꼴까닥 숨넘어가는 드라마 주인공이 애증하여서
바람결로 얻어진 언덕배기 꼭지 할머니 부고가 뭉클하여서
때로는 나부끼는 태극기에도 감격하여 글썽이고
빈 잔 채워 주는 뭉클한 우정에 복받쳐 눈물샘에 고인
진득한 물질은
도대체 어떤 맛일까.

옹졸하다, 이씨

보이는 곳곳마다
눈이 시려
공연히 울고 싶은 계절이 오면

눈물 한 방울 손등에 받아
물끄러미
반사되는
오묘한 세상 물정이나
디다볼까
다셔볼까.

위선

,

척 보니
입 없는 것이 나불나불 수선 떨고
귀 없는 것이 요란법석 소문내고
발 없는 것이 천 길 휘젓고
날개 없는 것이 창공 차고
뿌리 없는 것이 잎새 어지럽히고
가슴 작은 것이 허풍 치고

꼴통들이 설쳐 대는 치사스러운 것은
기만의 조화로다.
아부가 누리는 지극히 가소로운 신성불가침이야.

옹졸하다, 이씨

응석

,

어쩌자고
생각이 안 난다는 말만 되풀이하시나요.
방금 전도 몰라 하시면
난들 남들 누군들 어쩌라고요.

팔십여 년 전
화롯불에 손을 집어넣어 조막손 된 박복한 연유나
칠십여 년 전
고욤나무 가지가 꺾여 절름발이 된 징글징글한 그때가 생생하다
하고
경인년 시월 보름 새벽
날 낳고 어흥, 호랑이 흉내를 냈다면서요?

이러시면 안 됩니다.
난 아직 덜 익었습니다, 여태 덜떨어진 놈 아닙니까.

이래 놓고 가시겠다니
그러시면
그러시는 게 아닙니다.

재회

,

떠날 사람이
미적댄다면
꾸어 온 사랑은 되갚아야 하는가.

돌아온다는 그가
헤살거리면
갚은 사랑을 되돌려 받아야 하는가.

엉킨 타래를
꼼지락꼼지락
풀어 보겠다는 심산은
서로 못 할 짓인데
어찌하여
심쿵,
박동이 예전처럼
아직 요란한가.

옹졸하다, 이씨

중증

,

씨앗이 씨앗으로 반복 회전하다 싫증 난다 하여
다시 판단해서 동물 먹이 수단을 금하고 생존 전략 진화를 멈추면서
썩기를 귀찮아하거나 객관적 존재가 무득무실하다고 지구를 세울
수는 없지 않겠는가.

아무려면 그리될 날 있으려나 하고 안일했다가 낭패 보는 수가 있
으면 어찌하겠나, 멀찍이에서 열대림 원주민 굿판처럼 막장 개다
리 춤이나 추고 보겠다는 배포인가?

수백억만여 년을 같은 세상 같은 계절 같은 바탕에서 끝매듭 없이
피 튀기며 피고 지어 맺고 영글었는데 태반은 자원, 절반은 동물의
먹잇감으로 희생되는 구차한 처지가 자존심 상하기는커녕 탄소
지우기에 이바지한다는 일말의 공헌에 흡족하기도 했었고 지금도
그러하다.

학술적으로는 허파요, 쉼터요, 곡창이라면서
생태 교란에다 유전자 교정으로 숨통 죄면서
오폐수에 찌들었어도 기후변화 대처 능력이 소멸된다거나 방사능
오염 방지 관련하여 연구 검토에 사활 건 인류 과학자들의 싸맨
골머리는 몇백 년째 아둔하여 미적거리는 건가.

오래전부터 똑똑한 씨앗은 발아하기조차 지칠 대로 지쳐서
돌연변이 출현이 잦고 피폐화된 생육 활동 저하로
영양학적으로 보아 영글기를 게을리할 조짐이 상당하다.

들어는 봤나.
무책임한 오존 배출, 열대 우림의 무차별 파괴가 몰고 올 생태 변
화에 대처 못 한 자정 능력 상실 탓이 매섭다는 사실을.
북극 빙하가 와르르 녹아내려 지구 해수면이 매년 4~8mm 상승
한다더라. 종당을 상상하라, 끔찍하지 아니한가.
에이즈에 신종 블루에 메르스며 코로나에 된통 물러 터지기도 하
고 늙어 꼬부라져 병약하고
삭아서 꺾여서 꼬여서 메말라서 여물기도 전에 열매는 만신창이
된다는 것을 알면서도 미적미적하거나 전시적 구호만으로는 종당
에 생물, 미생물은 인류를 배신하고 말 텐데 이를 어쩌누…. 발 동
동 걱정 타령만 하고 있을 처지가 아닌 당장 탄소 배출 제로가
답이다.
환경오염 물질 사용 금지가 거국이다.

반어법, 역지사지로 고맙다, 배반의 면역결핍증후군 위중 환자들
이여.

옹졸하다, 이씨

훼손이 주는 잔인한 썩은 냄새가 진동하는 쓴맛은 알겠는데 맑아 청아한 향기는 아직 냄새 근처는커녕 곳곳이 매일매일 사막화되어 허물어지는 중증 지구를 살려 내자.

미개한 너나 그리고 인간들은 생태학적 보존 각성에 조건 없이 목숨 걸어야 한다.
미동산 수목원의 당장 미래가 한참 멀었다.
정녕 어찌할 셈인가, 치욕의 낯 붉히자!

천성

,

일찌감치
소망을 풀어헤쳤더니
갓길 공갈빵 장사치 되었다네.

낮춰 살라 해서
건성건성 하였다가
찌질찌질 건달배가 되었더라.

여태
듣도 보도 못한 것이
차라리
빼도 박도 못한 것보다
낫지 않았겠나 싶은데

살아 보니
그나 나나 별수 없는 드잡이 인생살이였던 걸
시샘과 탐욕이
턱없이 많은 변변찮은 꼬락서니 주제가
그닥
흉내 낸 일이 없었다는 듯

옹졸하다, 이씨

꼿꼿한 척에 대하여
배알이 꼴릴지언정

지금
부담 없이 술에 얼큰하여도
곧게
구름도 타고
별도 헤아릴 수 있음이
차라리
매우 다행이야.

축복

,

조카 부부는 보배를 얻었다.
손자는 이종우라는 성명을 품고 태어나면서 우렁차게 포효하는
기운이 범상치 않을 사내놈임이 틀림없다 직감했다.
나라를 이끌 두상에는 영특이 가득 찼겠고 만면은 반듯하고 족금
이 또렷하여 두려움이 없겠더라.

무엇을 더 바라고
더 얻을 것이 무엇이더냐.

살얼음판도 걷고
하늘 구름도 타고
어둠도 견디다가
늪에 빠져 허우적거릴 수도 있겠지.

할 일이 많다, 무럭무럭 자라거라.

인생행로에 큰할아버지가 도와줄 수단이 무얼까?
곰곰궁리로
앞길 빗자루로 닦고 쓸어 주는 청렴한 배려만을 구상해 본다.

옹졸하다, 이씨

손자야
대단히 고마운 손주야
성장의 속도는 빠르되 어깨가 야무져야 한단다.

투표

,

간간이 비가 내리는데
부릴 종 뽑으러 가는 걸음이 덩실 짓다.

바쁘게
콩닥거리는 설렘은
실한 종자 구하자는
간절한 기대가 벅차오르기 때문이겠지.

뜻 알아챈 하늘은
형편이 오그라들고
목말라 텁텁해했던
갈증 감소 보답으로
여럿 중 현혹되지 말고 선택하라 하니
싹수 고르는 일도 못물 건사하는 일 못지않네.

수양하듯
붉은 자국으로 다부지게 택일했으니

"걱정을 해서 걱정이 없어지면 걱정이 없겠다."
딴 나라 속담대로 이뤄진다면

옹졸하다, 이씨

소원 하나는 털어 내는 셈이니
더러는 가벼워지겠다.

폭염

,

허덕, 허부덕, 허덕지덕
이렇게 푹푹 찌고 달달 볶으면서
여름은 신나게 놀고 있고
우리는 그 놀이에
지쳐 하거나
동참하기도
때로는 감사하면서 계절을 떠나보내고 있습니다.
머잖아 아쉬워할 오늘의 폭서도 그래서 소중합니다.

오늘의 지금
기막히게 나를 칭찬합니다,
불쾌지수를 낮출 여인의 나신이 뜬금없이 스쳤거든요.
무기력한 지경에서 으하하하, 쌈빡한 그리고 청량한 생맥 한 컵 들
이켠 시원함이랄까.
내 아는 여자가 사계 호시절 밤낮 가림 없이 홀라당 벗고 살았다
기에
순수의 아름다움을 상상하니 하여간 좋아서이지요.

그 습관이 아직 살아 있다면
그 시절은 풀색이었겠으나

옹졸하다, 이씨

이 시절은 찰진 색이 절정 아닐지 상상만으로도 감상의 농이 깊어
집니다.

지적인 연륜이 더 쌓여 풍만하다 말다 하여
고고하기가 어림잡기 어렵진 않아
나름대로 쪽매 붙여
날 굿하는 엄청 후덥지근한 여름 꼭대기에서
몽정에서 화들짝 깨어난 수캐처럼
슬렁슬렁 더위 먹고 떠납니다.

여태
바깥은 뙤약볕이 맹위 떨치기로
육시랄
재미있나 봅니다만
아무래도 현재가 더 귀중한가 봅니다

긴급 재난 문자가 덩달아 펄펄 끓습니다.

2부

●

후각

감염

,

당하고 있는 우리는 숙맥이다.

박쥐건 들쥐건 도대체 관심 없는데 근거 없이 유난히 떠도는 매개체 소문에 인간이 저질러 놓은 알 수 없는 바이러스 균에 제 발등 찍어 농락당하는 게 아닌가, 어지간히 서럽고 좌우지간 무섭다.

하늘이고 지하고 사막이고 바다건 풀이고 불나방이건 발병 원인이 무엇이 됐든 초토화된 지구는 이미 거역할 수 없는 이유만으로 세계적 고통으로 신음하는데 도대체 언 놈이 지구상 영원히 존재할 수밖에 없을 고약한 역병 코로나를 백신 한두 방으로 쉬이 퇴치할 수 있다고 섣부른 입심을 터트렸을까?

통제된 공간에서 덤터기를 옴팡 뒤집어쓴 채 허덕허덕 가쁜 숨만 폭폭 몰아쉬다가 열불 과열 폐렴 증세에 세상 쓴맛 오달지게 겪는 설움 앓이로 청천벽력이다. 나로 인해 증식시키지 않을까 시름시름 심란하여 더 두렵다.

감히 이런 대내외적 수모가 올 줄이야 누군들 상상이나 했을까. 세찬 한겨울을 벗어나 춘삼월이면 잦아질까, 찌는 불볕에 타 버리기를 고대하다가 낙엽에 쓸려 파묻히라 '비나이다 비나이다' 염불

옹졸하다, 이씨

외다가 두 바퀴 돌고 돌아온 입대 때까지 수만 수백만이 고통에서 헤어나고자 얼마나 분주했으며 고군분투하였으니 이제 불구덩이로 자진 추락할 자연 소멸만 기대하는 애처로운 나약한 군상들의 모습들에 우리는 나약하고 비틀대는 형상이 기아에 허덕인 몰골처럼 슬프다.

눈치코치 재다 접종은 더디고 거미줄 칭칭 늘어진 텅 빈 곳간에서 소리 내는 행차 후 나팔 소리는 푸시시 여전히 거슬리는데 부글부글 끓는 거리 두기 사이사이로 퍽퍽 찢어지는 심장박동은 군소리라 못 듣는가. 이제라도 마스크 훌러덩 벗어젖혀도 된다 하니 이만한 게 다행 아니겠냐며 느슨하게 낙타 가죽 덧댄 찢어진 뒷북 파열음으로 성가신 생색내기 아닐까. 꼴사납게 지쳐 간다.

괴팍

,

혼났다, 그래서 다퉜다.
잔소리에 이골 난 딸애가 어지간해야 말이지.
십여 년은 족히 됐을까.
색 바래고 축 늘어지긴 했어도 그냥저냥 꿰고 나설 만은 한데
내 꼬락서니가 어떻다고 입성 운운하며 신경질적 반응으로 예민
하니 이것 참.

말이 나와서 작심하고 내질렀지.
"죄다 헤퍼, 저 시절에는 저나 나나 누덕누덕 기워 입었어도 창피
해하지 않았다!"

저문 시각
한쪽으로 밀어 놓은 쇼핑백 주둥이 새로
알록달록 고운 아웃도어 점퍼 한 장이 파핫, 넉살을 떨고 있길래
슬그머니 펼쳐 보다가
달랑달랑 꽉 매달린
가격표 270,000원이 읽히는 순간
목 안의 마른 사레를 꿀꺽 삼키고
냅다 화통을 구웠다.
"당장 영수증 가져와. 우라질, 쌀이 몇 가마야. 즉시 물러…."

옹졸하다, 이씨

열불이 뻗쳐 창을 젖히니 솔바람은커녕

밖은

먹물을 뿌리듯 까맣게 타 버린 채 천연덕스레 아무 일도 없었다.

달님

,

염력을 지녔는지 맹돌인지
갈라 보지 않은 임자 없는 보름달 보고
소원 빌지 마소.

염치도 없지
무슨 미련 그리 남아
떼쓴다고 되나.

그만하면 되지 않았을까?
포만하여 여유로운 자
세상 누구겠소.

맑은 빛 주시는 대로
배시시 감사 머금고 천연덕스레
우러러 벅차오르시게나.
이제 포용이 임박한 시간.

옹졸하다, 이씨

땡깡

,

무지 착하게
시키는 대로, 원하는 대로, 닥치는 대로
치열하게
무모하게
허리 고장 나는 줄도 모르고
골통에 먼지가 켜켜이 쌓여 썩는 줄도 모른 덕에
나로 하여금
나라가 이렇듯 컸을 것이야.

옴짝달싹 못 하게 동여매인 채로
멀뚱멀뚱 헤프게 웃고 있는
딱한 나에게
이젠 너희가 도와주면 안 되겠니?
지친 눈까풀을 닫아 주고
다시 열릴 수 없게 찐득한 밥풀로 개칠해 주면
그게 효자지
그러니까 애국이란 말이지.

반추

,

고개 들어 앞 동네 지붕을 보니 소복소복 쌓인 백설이 햇빛에 찬연히 반사되어 이 몸을 상쾌하게 열어 줍니다. 아직 밟히지 않은 곳이 남았다면 앙큼상큼 걷고픈 충동적 젊은 발랄.

그렇구나,
오늘이 정월 열나흘.
쥐불놀이 준비로 깡통 주우러 다녔던 기억,
부럼 한 줌 깨물게 될 거라는 입맛 다신 고소한 기다림,
뉘 집 장독대에 널어놓은 설삶은 보리쌀 덩어리를 볼따구니에 한 움큼 밀어 넣어서 서걱서걱 꿀꺽 삼켰던
오십여 년 전의 그날이 오늘이라
천천히 들여다보니 그때가 천진하게 신났던 시절

이제는 꺼끌꺼끌 거무튀튀한 삶은 보리알보다 더 고소한 잣 주먹밥을 선사하고 싶어도 놓을 장독대 없고 장난삼아라도 훔쳐 갈 아이 없으니 어찌 이리도 재미없고 허전할까.

아릿한 세월을 떠듬떠듬 더듬다가 입맛만 버려 놓았네.

옹졸하다, 이씨

백수

,

주말이다.
야, 일요일이다.

빌어먹을,
날마다 그 요일이 그 요일뿐인 주제가
가당찮은 의미 부여는 무슨 소용이람.

창틀에 턱을 괴고 바람 세기를 가늠하건
허리 반 접어 거꾸로 구름 조각을 헤아리건
건달이 백 가지 궁리한들
그 수는 진즉 무른 꽃잎

동질감 것들이
하루라도 더 건사하라 띄우는
푸석푸석 쉰내 밴 문자는 나뒹구는데
도대체
바깥 데리고 나갈
뾰족한
구실이 도무지 없네.

변덕

,

궂은 날에는
다 가지고 싶다.

꾸물꾸물 제자리 맴도는 회색 구름도
멈춘 듯 살아 있는 실바람도
공허한 이참에
옆구리에 끼고 놀고프다.

궂은 날에는
다 버리고 싶다.

송송 뚫린 뼈마디
잿빛 구름에 뭉개어 실리고
궁상맞은 우울은 헛바람에 털어 내려니
제아무리
발가벗은
고민시나 아이유가 덮쳐 온다 해도 성가시다.

삭신이 된통 아려
못돼 처먹은 날엔

옹졸하다, 이씨

깡그리
가지든
버리든
이래저래
데퉁궂다.

삼촌

,

다행히 삼촌이 여럿 계신데
각설하고 한 분만 모시고자 한다.
다행이라는 것은 그만큼 얘깃거리가 풍성하다는 뜻

천성이 음풍농월하여
매일 시작을 느지막이 시동 트니 끼니도 들쭉날쭉

뒷산 산새, 벌레 사냥 참견타
하늘 가운데쯤 태양이 걸널 그제야 느릿느릿 마주하나
그러려니 익숙해져 조촐하여 졸깃한 표정이 호감이다.

여고 재직할 적
수업 시간 반토막을 노래도 불러 주고 잘못 세련된 기타 솜씨를
뽐내는 데 소진하여 엉뚱한 환호에 흡족해하던 인정머리 많던 미
술 선생

열띤 학생 팬이 붙여 준 별명은 '닐리리 붓질'
듣고 느끼기 따라 '날라리 개칠'

옹졸하다, 이씨

뉘엿뉘엿 인생이 하얗게 죄 타들어 가는데
정열만큼은 불티가 지펴 있어
아예 남한강 변 철길 따라 가다 구부러진 농로 오르막 끄트머리
양옥집으로 거처를 옮겨
바꾼 '에헤야 덧칠꾼'이란 아이디로 그렇게 즐긴다.

군청 문화교실 프로그램을 삐꼼빼꼼 방마다 섭렵하여
실력은 산만하나 의욕은 충만하니 인기는 폭발적이어서 쓸쓸이도
낭만이다.

호흡이 옛 같지 않아
삑사리가 흔한 대금을 입에서 떼지 않는 기막힌 열정도
값나가는 색소폰을 줏대대로 구입하는 배짱도 내 삼촌이라서 기
막히게 좋다.

오늘 노래 교실에서 작정하고 배워 익혔다는 따끈따끈한 동영상
을 또 보내왔네.

캑캑 목을 청소하고 걸걸하게 뽑아낸 유현상의 '고삐'라는 가요인
데

"아쉽잖아 놓치긴 싫어~ 가는 세월 고삐를 잡아~"
의욕만으로도 구십팔 년은 따 놓은 당상입니다요.

이 화백님!
그래요, 전국 수준급의 최우량 합창단 활동도 야무지게 꽉 잡으세요. 엉겁결에 한눈팔아 놓치지 마시고.

옹졸하다, 이씨

소름

,

골목을 후딱후딱 싸다녀도
나 몰라라 관망하는 이웃이 밉다.
덩치가 가마솥만 한 길고양이 무리가 여전히
싸대고 앙탈대어
밉살 궂은데도 아랑곳없어 더욱더

연신 쓰레기봉투 언저리를
킁킁 날름대다가
갈가리 헤집는 냥이가
야살 꼬아서 "워이!" 하고
돌팔매 시늉할라치면
식겁하고 물러서기는커녕
사납게 야웅, 카야웅 달려들 기세에
기겁하여
어느 땐 몸 비틀어 얼음땡 상태에서
배뇨 지리기 예사라

누가 저 잡것들을
귀신도 모르게
깡그리 잡아다 어찌저찌 했으면

원 없겠다.

불쾌지수가 덜덜덜
극도로 치달아 발라당
까무러치기 전에.

옹졸하다, 이씨

생존

,

누구는 바위틈 소나무 인고에 탄복한다.
또 누구는 햇볕 한 줌 바라지 못한 풀꽃이 애틋하다 한다.
그럴 필요 없다. 위선을 내색 마라.

탐욕이 비굴하여 억겁으로 허덕대는
한때 잘난 존재가 알짱거려 거북하지 않냐.

하나에서 열까지 타박에 이골 난 더딘 회전 능력
백에서 천 번은 야무지게 앙다문 깔깔한 목젖

핏물이 마를 새 없어 숨 막히는 삶을
담아내지 못했던 속물을 경계하라.

스스로 부러워하거나 기죽지 마라.
신앙인 듯 켜켜이 가슴에 묻어 둔 고집을 이고 지고
과분한 사치는 토해 내라.
누군들 환호의 엄지 세울 까닭 없으랴.

애수

,

서걱서걱 소리마저 너덜너덜
벌레가 뜯다 남긴
누르불그레한 낙엽 한 장이
머물 듯 말 듯
어지간히 구르지도 못하고
지근덕거린다면
그건 이맘때마다 아려 오는
내 실연의 묵직한 미련 아니겠소.

그해 가을도
지난해 가을도
지금 가을에도
서슴없는 병적 방황을
그대여, 어서
붉은빛으로 활활 태워 주시오.

옹졸하다, 이씨

염불

,

절룩대고 절뚝대며 한 걸음 한 걸음씩 나아갈 때마다 숫자가 처연하게 툭툭 떨어지더니 그예 한 수도 남지 않았기에 이 점포 저 점포로 구걸하듯 달력을 굽신굽신 얻어서 작달막하고 협소한 셋방벼름박에, 조악한 부엌 환기 구멍에 반듯하게 걸었더니 잉크 오일 윤기가 반지르르하여 실내가 금세 훤하고 빽빽이 정렬되어 있는 숫자가 엄숙하여 마음마저 경건해지던걸. 새 달력에 알알이 박힌 이 숱한 날짜들이 비루한 삶과 죽음, 영욕과 굴욕의 경계를 어떻게 긋고 갈라 줄 것인가. 염불이라도 오물거려야 하나? 살아생전 꾸역꾸역 엉금엉금 뒹굴다 보니 차라리 한꺼번에 와장창 부서지는 경악과 공포의 늪이 왜 서럽게 그리운지 모르겠어. 뜻대로 하고 싶어도 할 수 없는 남들 눈에 확연한 병신. 그 착시 눈빛이 못 견디게 싫어져서 지옥아, 지옥아를 부르짖었던 어수룩한 생애. 수백 번을 흐느끼는 목울대로 넘기려던 생수를 머금고 '견디어볼 만한 세상'을 잠꼬대처럼 되뇌다가 고수레를 얻어먹듯 이걸 꿀꺽 삼켰는데 공교롭게 사레가 들려 나무아미타불이고 관세음보살 나발이고 까끌까끌하던 찬물을 정초부터 후련하게 토해 버렸다네. 염병, 아니, 아니, 아니다. 천수경이나 첫 장부터 도로 하세.

유서

,

날
내버려 두라.
더는
버둥대지 않겠으니
구제하지 마라.
이만하면 됐다.

빛도 쬐었고
향기도 어루만졌으며
풍랑도 맞아 봤고
별도 이슬도 사랑했다가
목 놓아 울어도 보았으니
어떤 걸 또 해작이고
무엇이 더 궁금하랴.

흙 맛 용한 두더지도 모르게
앞서거니 뒤서거니 직립보행을 했던 처지끼리도 알 턱 없이
뒷산 앉은뱅이 바위만은 엉큼스레 기다리게 둬라.

옹졸하다, 이씨

행여
스쳐 지나려던 꽃바람이
쭈물쭈물 수작하거든
그냥 두거라.
간섭 아닌 배웅일 테니.

인내

,

어제의 일기장을
갈기갈기 뜯어내고 풀 때에는
얼마만큼의 갈등이며
용기가 필요했겠나.

그깟 멸시와 그 정도의 치욕은
참을 인(忍) 자
삼세번만 외면 되겠거니 싶었는데
아니야, 그건 아니던데

문득문득 울화가 치밀어 오르는 순간마다
광분하고 진저리 칠 수만도 없어서
이렇게라도 어제고 그제고
찢어 버려야 할
죽을 만큼 절절한 사연을
날려 보내기로 작심했더니
그나마 속이 편하네.
억지로라도 편하려 하네.

옹졸하다, 이씨

줏대

,

눈도 둘
귀도 둘
콧구멍도
손도 둘
다리도 둘
불알도 둘

살다 보니
짝 잡아 줄 줄 모르는
하나만도 못한 둘은 성가시다.
집념 둘
애인 둘
질시 둘

가까워서 미움일까
닮아서 시기일까
들쭉날쭉 동행이 자꾸 어줍은 것은
줏대 하나를 헤아리지 못한 까닭이 분명하다.

직지

,

솔 향이 그윽하게 주변을 취할 때
처마 끝 풍경도 낭랑하게 경을 읊는 흥덕사
뒤꼍 움막집 거처

난국의 처절한 환란 시련통에서도
모진 명맥이 쉼 없는 박동으로 존속하여
유구한 역사를 찬란하게 틔울 수 있었던 것은
선인의 은총이라 감복하다.

'마음을 바르게 가진 심성이 부처님 마음'이며
'무심에 대한 선의 깨달음'을 종일 되뇌다가
이제야 직지(直指)를 완성한
옛터에 이르러
감히 경건하게 숭배하자니
심장이 뭉클 눈시울이 울컥 대단히 요동치다

그즈음
선각 승려의 일천한 지능과 기능으로
우주의 빛
한 획 한 받침을 세세히

옹졸하다, 이씨

정치고 섭새기고 거듭 갈고 고르잡고
그러다가
손등 발등 멍들고 찢기고 데는
숨 가쁜 고통의 악순환을
거룩하게 감내한 성취가
쇳물 아닌 핏물이
태양보다 현란한 꽃물이어서 찬연하다.

되도록 정결하며
이드거니 찬찬한 심신으로
풍광이 수려한 오솔길에서
저쪽 무심천에 시선 두니
물길 내는 소리마저 졸졸 좔좔 유려하여
우매화된 나를 차마 들깨워
영혼 불멸의 참된 이치를 넌지시 득도하려니
누구인들
업적을 기리지 않겠는가.

알고 싶은 것, 부족했던 것
알고 있던 것, 부실했던 모든 것이

은혜이며 혜택이라서
긍지는 내 몫이려니.

옹졸하다, 이씨

초조

,

추워요,
가을이 될라치면
어쩔 줄 모르겠어요.
뚜따뚜딱 미끌꺼끌 이빨이 따로 놀아요.

더 추워요, 완연한 가을이 되니
전신이 쪼그라졌어요.
이불 속으로 구겨 넣어도 심신은 냉골이에요.

국화가 만발이라는데 한기가 여전하네요.
왜죠, 수족냉증 증상인가요?
기울어진 기가 맥을 못 차리네요.

늦여름이라지만 추위는 걷히질 않았어요.
옷을 껴입었고
삼계탕도 오독오독 뜯었는데
콧물로 주책없이 훌쩍거리게 되네요.

어쩌죠, 어떡하죠, 야단났네요.
제대로 된 노년을 찾고 싶은데 옴팡 재수가 없나 봐요.

트집

,

멘토라 여겼던 어느 분이
점점 겸손에 힘이 빠지는 대신
밉살 부르는 노욕만 세지다.

돋보기로 자세히 살펴보아도
늘그막 욕념만이 자글자글 눈에 띄네.

너부러진 낙엽 긁어모아
불쏘시개라도 해 볼 요량이겠다만
젖은 나뭇잎 지핀들 매캐한 연기뿐, 훈기 전해질까….

그러려 했다면
미소가 젊어야 했다.
아집을 풀어야 했다.
현명을 익혀야 했다.
행실이 방정해야 했다.

검버섯 피고 허리가 흔들리고 오줌을 지릴 연로면
자리도 털고 욕심도 덜고
마다할 줄 아는 겸양 도리가 염연할 텐데

옹졸하다, 이씨

아쉬운 대목을 어지간히 모르나 보다.

유행가도 삼세번 들었을 때가 기름지다.

푼수

,

아직도

우두커니 넋 놓고
황망하다 자책한다면
한쪽에 도사리고 있을 희망입니다.

어둠에서 뒤척인다는 것
고뇌의 시간일 테니
사나운 잡귀 쫓는 명상입니다.

비 내릴까 눈 날릴까
인기척에 귀 쫑긋 세우면
기다림의 애절입니다.

사락사락 책장 넘기다가
지긋이 눈이 감긴다면
실똥머룩한 자성입니다.

이제 겨우 견딜 만한 세상과 인연인데
칠십이 팔십 고개를 헐떡헐떡 내달리면

옹졸하다, 이씨

해탈하라 합니다.

젊어선 아득바득 날뛰더니
반성이 진실을 이길까.
노욕이 과하면
흉하다 한다네.

3부

●

미각

옹졸

,

한세상 아무리 허투루 살아왔다지만 졸지에 개밥 주는 신세로 전락한 처지가 하염없다. 울화통이 터진들 어쩌랴, 할 수 있는 행동이라고는 살려 달라 무릎 꿇는 일뿐인걸.

회장님 순시 때 그날따라 허리 통증이 심히 도져서 어줍스레 굽신거린 모양새가 모가지만 까딱 흔든 꼴로 둔갑되어 감히 하늘을 진노케 했다는 게 빌미였다지만 무학 무지 모지리 아니었던가. 칼집만 만지작거려도 알아서 기는 수하 졸개라서 정강이 차이고 숨통을 졸리면서도 할 수 있는 처신이라고는 손바닥 싹싹 비벼 열 내고 눈물로 하소연하며 사정한 꼴만 종당 우습게 되어 버렸다우.
별 뾰족한 수단 없더라고
졸망졸망 어린 자식들은 아른거리고 병상 노모 웃음기 가실까 봐 억울타 변명인들 들어줄 리 만무하니 분하고 섭섭해도 참아야 하잖겠느냐는 마누라의 애절한 웅얼거림에 배알을 짱돌로 꾹꾹 다지느라 애 좀 먹었지. 주정뱅이 흉내도 내 보았다만 심신 축나고 헛돈 봉창할 길 막연하니 그 짓도 있는 놈이나 할 짓이란 교훈만 곱씹다 곤두뱉어 버렸어.

그나마 은혜로운 눈물겨운 출근길

옹졸하다, 이씨

새벽별 길벗 삼아
굽실굽실 낮은 자세로 찌걱찌걱 낡은 페달 구르다
지칠 즈음 케케묵은 빈집에 다다르니
으르렁 컹컹 개마저 호통이라
뒤틀린 울화통인들 배겨나겠나, 좆나….

빌어먹을, 그래 오늘은 맛있게 별식을 주마.

퍼질러 놓은 주변 배설물에 고급 사료 두어 줌 얹어
노린내 진동하는 외제 통조림 까 담고
무력 장폐색증으로 달달할 듯 적황색 오줌 섞어 걸쭉하게 버무린
개차반 한 그릇 보신시키리라, 당연히 배때기 불룩하여 안 처먹겠
거나 말거나.
그러나 버려질 염려는 없다. 닭둘기가 호시탐탐 태질해 댈 테니까.

그리고
오늘의 태양이 극성을 부리기 전에 서둘러 잔디나 깎아야겠다,
처삼촌 묘 벌초하듯 얼키설키 난도질해야겠어.
으하하하
으하하

억지로 신명 내며!

옹졸하다, 이씨

이씨

,

어쩌란 말입니까?
대관절 더 어떻게 무슨 수로 수발하란 말씀입니까?

징얼징얼 앙알대는 할망구 잔소리질에
소주 사러 꼬깃꼬깃 꼬불쳐 둔 오천 원짜리 종잇장 감춰 쥐고 출입
문을 슬그머니 여닫습니다.

무릎 자국이 선명한 축 처진 며늘애 입던 추리닝 차림으로
거무스레한 엄지발가락이 삐져나온 나일론 양말에
간당간당 끈이 위태로운 삼선 슬리퍼를 끌고
휜 허리 엉덩이를 한 손으로 틀어쥐고
헐떡헐떡 목을 길게 빼고
마음 바쁘게 아파트 계단 난간 손잡이를 더듬더듬 쓸며
휘청휘청 냅다 달립니다.

여간해선
무섭지 않았던 그 아낙이
점점
전설의 고향 천 년 묵은 구미호처럼 으스스합니다.

이보세요,
삐들삐들 언제까지 죽어 살란 말입니까?

옹졸하다, 이씨

구이

,

꾸울꺽

냉면

,

내 친구 아무개 여시는
사철
회냉면이라면 금방 화색이 돈다.

수떨스럽게 소문난 맛집에서 치댄
면발이 아니더라도
푸짐하니 시큼맵큼달큼한 다대기에
조물조물 헝클었다 합치기를 여러 번
얄쭉스름하게 저민
홍어회 두서너 점 올려진
맷맷한 녹말 사리를
볼각볼각 먹새가
깍쟁이다워 정겹다.

누군가 그러데
여자는 까닭이 닿기만 하면
식욕이 허벅지게 왕성해진다고

우악스러운 섭식으로
호들갑 떨던 여름을 삼켜 버리는

현장을 느긋하게
동영상처럼 감상하다가
포만하여 흡족한 그의 볼록한 미소를
헤헤헤, 헤헤
살짝 포착하니
하얀 메밀꽃보다 훨씬 청량하다.

독기

,

재수가 젬병인 부류끼리 칸칸에 옹기종기 부대끼어 허덕거리네

덫에 걸렸건, 뽑힘을 당했건, 걷어채였건
본디에서 제거당한 신세들은
지은 죄는 미미한데 대가는 신랄하게 차다.

더러는 랩에 폭 감싸여 몰아쉴 숨 죄임에 캑캑 헉헉대고
드물게는 포일에 꽁꽁 싸매어 흐륵흐륵 몸살을 앓는다.

더 자라야 실할
새초롬한 푸성귀가
롤 팩에 담겨 주둥이가 뒤틀린 채
육중한 문이 삐익쿡 팽개치듯 닫히면
틈 없이 시커먼 감방은 냉기만 휘돌아
신선을 강요당하는 가당찮은 원옥살이가 서럽다.

고등어조림도 멧나물무침도
드물게는 염소두루치기나 떡갈비도
제각각 오돌오돌 부글부글
선도 유지에 고단한 사활을 감내하다가

옹졸하다, 이씨

야만스러운 종족들에게 어김없이
와작와작 흔적조차 요절을 당하리라.

그럴 바에야
일찍 골라 잡혀 씹혀 주는 게
살 떨리는
추위의 고통보다야
덜 고되겠다.

냉장고야, 매우 차라.
천한 멍청이들의 시궁창 같은 배때지 비만을 위하여!

물회

,

나고
죽살이치며 견뎌 온 거주지가 한 점 섬 없는 내륙 토박이다 보니
바다 환상이 적잖다.

바닷바람이라
철썩대는 파도라
하늘과 맞닿은 수평선이라
비릿고릿 곰삭은 짠 내라
높은 돛 한가로이 느적대는 고깃배라
어디엔가 인어의 고향이 있으리라.
돌다리처럼 퐁당퐁당 건너 이웃 사이라
모래가 절고 절어 차진 갯벌이라….

은빛 물고기가 바닷새처럼 퍼덕퍼덕 날고
포구 아낙 웃음에 비늘도 덩달아 난다더라.
가뭇가뭇 잡히지 않는 상상이 입맛 적신다.

그 자리
난전 한 모퉁이 질펀하게 차지하고
썩둑썩둑 썬

옹졸하다, 이씨

멍게 해삼 소라 가자미
다진 마늘 생강 맵고추
고추장 식초 양푼에 소담지게 담아
샘물 부어
살강살강 휘저어
해초 향이 요동치면
후루룩 호록호록
씹는 둥 끊는 둥
칼칼하게 삼켜 볼
기가 막힐 그 맛을 켜켜이 덮어 두고
대청호 매운탕으로 물회 맛을 헹군다.

병정

,

까마아득한 육군 병장 쌍칠년 그 시절 그때
더군다나
뒹구는 낙엽 밟아 자칫 꼬꾸라질세라 매사 살금살금 살펴 행동해
야 할 말년 고참이 식기와 숟가락을 손가락에 껄렁껄렁 걸고 급식
줄에 삐딱이 서서 한 끼를 배분받아 꾸역꾸역 구겨 넣으려니 밥맛
물맛까지 텁씁한데 시간마저 더디다고 푸념으로 실속 없이 건방
떨 때 불현듯 김밥이 까탈스러운 입맛을 쏘데.

군대서는 안 되는 것 없다 잖던가.
졸병 외출시켜 김 한 톳, 단무지 서넛 조각, 오이지 댓 줄, 천하장사
소시지 한 팩 조달하고 취사병의 끗발 내세워 쉰 김치 송송 탁탁
썰어 꼬들꼬들 앙당그려서 낙낙한 쨈밥 한 양푼에 깡그리 한데 버
무려 야무지게 김밥을 툴툴 말아 배낭에 모셔 넣고 내일의 각개전
투 야외 훈련을 들뜬 소풍으로 간주하였지.

그까짓 야전복이 진흙투성이면 어쩔 거고 흙먼지가 눈이며 콧구멍
이며 입 언저리에 수북한들 어떠랴. 완전군장 행군이 가소롭고 가
시덤불에서 뒹구는 게 가벼운데.

옹졸하다, 이씨

뒷바라지 졸병 둘 대동하고 먼발치 겅성드뭇한 나무 그늘을 은폐물 삼아 들킬 리도 만무한데 두리번두리번 눈치껏 통김밥을 우적우적 오달지게 삼키던 그해 모월 모일. 햇볕이 쟁강쟁강 사시나무 잎사귀를 따귀 치던 정오였었어….

오늘따라 감히 그 누구도 생색 못 낸 들밥이 뜬금없으니 어찌 된 조화 속이련가, 아려했던 그 한 시절이 어처구니없이 달콤하다니 이를 어쩌나.

비위

,

생계가 절절한 이들은
수억만 개의 별인들 다 무엇이냐.
눈앞 한 톨의 알갱이가 더 빛나지.

마음 깊숙이 상처 곪은 이웃은
인간다운 품이 절실한데
진통제 알약쯤인
헤픈 변통이
수완이 되는 수작이 민망하여 입안이 깔끄럽다.

무슨 무슨 핑계 때마다
꼴값 나리들 겉멋만 활짝 묻히고
빠끔히 얼굴 찍히는 곳에는 영락없이 어정거림은
물론
시커먼 시궁창 물이 혈관으로 꿀렁꿀렁 흐르는
가슴으로
한 아름 라면 박스 안고 납시면
절름발이 아저씨는
삭은니 들어내고
마지못해

옹졸하다, 이씨

'김치이~'
어그러지다가
라면이나 삶으러
꺄웃꺄웃 어둠 속으로 끌려 사라진다.

소원

,

아들, 아느냐.
내 예닐곱 살 적부터 족히 삼십 리 길을 걷거나 깡충깡충 뛰면서
초등학교 다녔다는 사실을.

사실 마구 내달릴 수는 없었단다, 배 꺼질까 봐.

매일 새벽
저 초롱초롱 반짝 별들이 쌀 밥알이었으면…, 상상으로 배 채우던
아련한 빈곤

신작로 길은 온통 자갈밭
산길은 성가신 참억새밭
말표 꺼먹 고무신은 셀 수 없이 얼기설기 꿰맨 간신히 형태만 신발

허기진 아랫배를 눌러 참아 내고 기다린 점심시간
급우들의 노란 양은 도시락에는 뽀얀 곱삶이 보리쌀밥
앙증맞은 반찬 그릇에는 반질반질 윤나는 콩자반이, 애비는 이빨
빠진 칙칙한 막사발에 깡보리밥 위로 무턱대고 발라진 거뭇거뭇
된장 큰 한술

옹졸하다, 이씨

콩잎으로 덮인 사이사이로 뽀얀 생물 여러 마리가 꼬무락거렸더랬지.

남이 볼까, 얼른얼른 퍼먹어야 했던 기억으로는
네 할머니께서 단백질 보충을 알건 모르건 그렇게 해결해 준 셈이었단다.

수업 파하자마자 가방 메고 촐랑이는 친구들 등짝에서 들리는 경쾌한 달그락 소리를 부러워하기보다는 사발이 깨질세라 헤진 베보자기로 야물게 싸매고
포플린 책보에 또 싸매어 되돌아갈 적엔 꿰맨 자리 터질까 봐
신발은 손에 신기고 맨발로 석치기 하며 오늘은 무엇을 공들여 배워 올까 궁금해하는 초가집으로 내달렸던 그때는 대가족의 대단한 희망이었단다.

아들,
하루도 배곯려 본 적 없이 도시락 두서너 개씩이나 싸 주던 성의가
공치사로 들리겠지만 시시콜콜 불만은 접고 저 태양을 똑바로 쳐다볼 수 있다거나 흔한 빗물에도 감사할 줄 알며
곁을 내줄 줄 아는 참사람이기를 거듭 기대할 뿐이란다.

사사로움 없는 진실로 먹고 먹여 주듯 상생하면
성공의 기준,
이해가 서로 쉽다는 진리를 깨우쳤으면 더할 나위 없겠다.

옹졸하다, 이씨

여정

,

안개가 풀잎에 촉초근한 입맞춤으로 밝았음을 희롱할 즈음 기지
개를 켜자마자 옛 팝송을 음미하는 호사가 달갑다.

아내가 살금살금 커피를 감칠맛 나게 내리는 그새
아련한 듯 먼 팝송 '마이웨이'를 듣노라면 감미로움이 평온하여 은
혜롭다.

이러는 사색의 머무름은 오래라도 괜찮다.
나의 길을 제대로 밟아 온 것일까.
꼬장에 이기심으로 망발하였을 텐데 빠른 길이 아니라 바른길로
왔다고 당당할 수 있겠는가.

남은 인생 여정은 어떤 길일까….

관심은 언제부터 어느 때까지 감상적으로 나의 자취를 남의 가슴
으로도 떠돌 것인가,
초자연적인 곡(曲)만 남은 '프랭크 시나트라'처럼.

"이제 끝이 다가오는군.
나는 바쁘게 살아왔지.

후회하기도 했었어.
모든 고속도로를 달리면서
한 걸음 한 걸음 조심해서 걸어왔고
내가 당당하게 살아왔다는 것을
내 방식대로 해 왔다는 것을."이라고.

버터 기운이 솔솔한 토스트를 커피에 촉촉하게 적시다가 풀이 된 향 먹은 빵을 티스푼에 담아 겨우 목 축이는데 헐렁한 블라우스 사이로 후덕하게 삐져나온 아내의 젖통에서 새로운 길이나 발굴한 듯 멀쩡하던 의욕이 능글맞게도 혀끝에서 흥얼흥얼 자근자근 노네.

그러고 보니 세상사 겨우 걸음마나 떼었을 뿐인데 철없는 주책질은 아닐까, 몰상식한 짐작이 뜬금없어 행로가 시름겹다.

일상

,

아차, 그걸 잊었다.
그 순간 잔꾀가 불꽃 튄다.

빈틈을 보여서는 안 된다.
겁먹지 말아야 한다.

누가 허문단 말인가.
내 안의 만리장성을

망치 잃고 질통 망가졌지만
강력 본드 챙기지 못했다고
허둥대면 말짱 허사

아내와 딸애마저
한심한 꼴이 지겹다. 심드렁히 구박해도
하늘이 멀쩡한데 햇볕을 걱정하랴.
늘어지게 산 세월이 얼마인데

아차,
하마터면 라면 끓일 시간 놓칠 뻔했네.

아차차,
떡국떡 좀 넣는 걸 깜빡할 뻔했네.
아차차차,
'가족 덕분'이란 말본새 양념을 잊을 뻔했네.

옹졸하다, 이씨

질주

,

그대를 만나러 가는 길
벼랑이라도 좋고
막장이라도 좋고
사자 우리라도 좋다.

생채기로 만신창이 된들 대수랴.
숨 좀 찬들 어떠랴.
당장
심장 오그라드는 격한 통증을
견디다
견디다가

붉은빛
빨간 향이 넘쳐 나는
너의 감각 중추로
전력을 다해 날뛰듯 달릴 것이다.

그대는
그곳에서
다소곳이

격랑보다 센 사랑을
감각으로 맞이하라.

옹졸하다, 이씨

춘궁

,

조석으로 버석버석 흙내 날리는
보리밭 고랑을 빠대며
까락을 훑어보다가
거뭇거뭇 이마 고랑이 패면
흐뭇한지 실망인지
아버지 표정을 읽어 내기가 애매할 때도

밭 한복판 뙤약볕에서
조막만 한 몸뚱이를 끄슬리며
자질구레 감자 알라도 빠트릴세라
오목한 잿빛 눈동자에 힘을 주던 어머니의
노곤한 그림자가 또렷했을 때도

원래 배곯으며 사는 것인가 보다
하세월 메마르니 사는가 보다
그렇게 익혀 가며 살았습니다
산비알 귀퉁이서 어둑어둑 살았습니다.

어머니가 흙먼지에서 건둥건둥 캔 자잘한 감자에
아버지가 조물조물 까불린 설여문 보리 알갱이가

한데 으깨져 곤죽이 되어
입천장에서 진득진득 야물대고 있습니다.

여전히 허기는 가시질 않아도
두 분은 아직
알싸한 젖은 이슬입니다.

옹졸하다, 이씨

콩국

,

타닥타닥 타는 불볕 날
폴락폴락 센 불꽃에
부걱부걱 삶아 낸 반지르르 소면
희끄무레하고 걸쭉한 콩국 한 바가지
양푼에 푸짐하게 담아 휘적휘적 저어
사각사각 아삭아삭
졸깃졸깃 우적우적
후룩후룩 쮸쯥쮸쯥
꾸역꾸역 꼴깍꼴깍
한여름 더위를 콩국수로 품었다.

폭포를 삼킨 사내는
거드름 덕성 흉내로 시름 날린다.

행복

,

솔솔바람도 부는데
아가의 까르, 키크크큭
오선지 음표 선율 따나
해맑은 천상의 음성 듣자니
세상 다 얻어
함초롬히 심장이 뛴다.

고로
제법 올찬 몸무게라지만
담쏙 안고 어르길 어지간해도
몸뚱이는 사붓사붓
세상을 난다.

옹졸하다, 이씨

허기

,

아무 생각 없이 걷다가
느닷없이 꽃이 보일 때가 있다.
빵도 꽃이다.

무작정 터덜터덜 땅바닥을 끌다가
해진 구두창을 갈아야겠다고
엉뚱히 호주머니를 뒤적거리는데
바람 탄 빵 굽는 버터 냄새가 코언저리에 감돌아
허기가 요동하여 심란하다.

안 꺾일 꽃이면 꽃이 아니지.
허천날 때 눈 안 돌아가면 사람 아니지.

시선만으로 요기 되고
냄새뿐으로도 그득하고
얄팍하나 품으면 풍만해지는
그런 곳
그런 도시
그런 나라

안 먹어도 배 안 곯는
꼭 남모르게 이룩해야 할 요원한 요새로
나를 내가 초대할 테다.

헐값

,

하루가 심심하고 이틀이 따분하고 열흘이 무료하고 한 달이 지루하고 일 년이 싫증 나고 오 년이 되니 안절부절 불안하고 좀이 쑤셔서 도저히 미칠 것 같아 소탈한 작심을 모사하다.

"나를 팝니다, 여인에게

놀금은 저렴합니다.
효용 가치에 따라 0원일 수도 있습니다.
뭔데 수용자가 놉을 지불해야 할 경우라도 팔려 갈 겁니다.

말짱하지는 않아서
빡센 노동은 꾀로 거들겠지만
비 오는 날 우산을 받쳐 준다거나
눈 오는 날 눈송이를 뭉쳐 속옷 속에 넣어 본다거나
천둥 칠 때 귀 막아 주고
양치 후 입내 날까 안 날까, 입 포개 맡아 주는 일이 다소 어줍기는 하겠으나
열렬히 해낼 작정은 누누이 다져 두었습니다.

혹간 녹슨 못처럼 요긴한 쓰임새에 따라
반드시 소용될 겁니다.

휠체어를 밀어 주다
되레 내가 엎히는 돌발 상황이더라도
바짝 정신 차려서
찔끔 남은 바닥 찌꺼기 순정을
봉사하듯 온갖 거듧에 품 들이겠나이다.

사다가 어따 써먹을까 궁리 중인
님들께 작게나마 믿음을 거들자면
오줌발은 그럭저럭 건사하고 있다는 겁니다.

팔랑개비가 부서지는 왜바람이 불어제쳐도
소변 줄기는
흔들리지 않고 내리꽂아
버석했던 흙이 흥건해집디다.

때로는
청춘을 되돌릴 수 있게끔

　　　　옹졸하다, 이씨

부대껴 생활하는 것도
평화이며
거래는 오붓한 나눔입니다.

선뜻 구입하셔서 행복을 트자구요.
배시시 움켜잡아 끌고 가져가셔도 됩니다.”

누굴까? 이러고 첫 손님을 어림하니 꾸물꾸물하던 장마 구름 긴
하늘이 반짝 개고 목화 구름이 둥실둥실 재미있겠다고 격려합니
다.

현실

,

언제부터더라
거울을 깊게 관찰한 때가….

이마가 널찍한 마당 되어
수들수들해진
쉰 몇 가닥 머리숱이 애틋하여 짠하다.

허겁지겁 별의별 수단 다 한들
되살릴 수 없는 도리를 깨닫고도
애쓴다고 놀라운 일이 오리라 믿나?

헛물만 켜도 갈증은 면할 수 있을 거라는 허황됨을
현실로 믿고 싶겠지만
딱한 것은
인위적인 정성으로 안 되는
허다한 쉬운 진리를 터득하고
그만한 정성이 남아돈다면
세상 훤하게 평정하는데
가만히 보태는 게
고운 참모습이겠네.

옹졸하다, 이씨

호소

,

젊은이 여러분
늙은이 여러분
그 외 여러분!

헛돌지 마시오.
홀리지 마시오.

바득바득 애써 보고
거들거들 잘난 체도
바로 돌아보니 쓰잘머리 없더이다.

이슬 담뿍하여 찬연하다가
얇은 햇살에도 금세
주눅 드는
여린 풀꽃 되지 마소.

서로 생각이 미치지 못하여
헛디딜 때
느닷없이
손을 꼬옥 잡아 주시게나.

호수

,

호수에 바람 없는데
살랑살랑 미소로운 것은
청동 수컷 오리가
노란 물갈퀴로 동동동
머문 자리 팃검불을 걷어 내기 때문이다.

호수 산책로가
먼지 한 조각 없이 반질반질
윤나는 것은
청동 암컷 오리가 보송보송
솜털로 깔끔깔끔 닦고 있기 때문이다.

낮게 더 구부려 낮게
걷다 서다 앉다
저 자세 닮으려니
덧난 상처를 품은 자는
호수를 더럽힐 수 있다고 꽥꽥
아서라, 나무란다.

옹졸하다, 이씨

주변, 동산 너머까지
호수 한 모금 가득 머금은
철철이 조목조목 피는 꽃, 저 꽃들

오리 한 쌍이
부지런히 뒤뚱뒤뚱
일을 만들고 있는 평화로운 호수 공원.

혼술

,

저물면
곁사람 없이
흙냄새 구수한
아무 곳이나
뭉개고 앉아
호젓하게
병째 독배 타
금세
반짝반짝 열린
뭇별 하나
슬쩍
또 하나
냉큼 따서
살캉살캉
안주 삼는
인생 한 줄 여유가 기가 막히다.

옹졸하다, 이씨

영면

,

친구 장관운은
장관 운을 타고났는데 장관도 되지 못하고
관운을 타고났는데 그 또한 잡아채지 못하고
오로지 내 술친구가 되어주다가
술잔을 떨구고 말았네, 그려.

살면서 몹쓸 짓을 얼마나 멀리하였기에
고약한 그 악귀가 육신으로 파고들었을까,

빙관 하지 말자던 서로의 조언을 허튼 말뽄새로 치부해 버린 불찰
이 크네.

백번을 그리워하고
천배를 올린다 한들
이제 무슨 수단이겠는가

여보게 친구
여기 앉아 눈물 한잔씩 고별주 마시세

먼 길 쉬엄쉬엄 잘 가시게

옹졸하다, 이씨

-2411110400
천국 관문 인증 번호일세

4부

•

촉각

경고

,

사람

답게
살다
답게
가라

누린
복도
찰나
일터

욕정
탐욕
피곤
터라

옹졸하다, 이씨

헌신
열정
고집
말라

능력
치적
체념
향락

그녀

,

소리가 예쁘다.
몸매는 지극히 매혹적이니
얼마나 야무지고 앙증맞겠어.

하이힐 신고
희불그스런 보도블록을
조신조신 채면서
매력을 자신하는 여인

또각또각 도드라지는
굽 소리는
아마
보살펴 달라는 상냥한 애교일 게야.

덤덤하지만 으스대고
만만하지만 겸양한
가슴 빵빵한 자태를 상시 엿보는 보행 길은
공간을 터 주는 게 아니라
늘 나눔이 여유 있어서이리라.

본받을 것이
부러울 것이
지천에 널려 있으니
접할 수 있는 아무거나
길 위에 있는 상태 그대로
토닥토닥 아껴 주기로 했다.

안식을 줄 만큼 고운 매혹 지탱을 위하여.

냉각

,

그때가 언제일까.
수수께끼다.

죽어도 죽은 게 아닌 정지 상태로
저 맨 끝 영하 196℃ 차디찬 질소 캡슐 속에서
윤회의 영적 체험 바탕에 기인한 위대한 부활이 발생하는
천지개벽하는 날
그날이 마침내 도래한다면 이미 지구는 지구가 아닐지도 몰라.

세계 242개 국가는 이미 주변이 된 엄연한 현실에서
역병이 변죽 끓을 때 과학은 미래가 아님을 절절하게 깨우치지 않
았던가.

미래 의료 기술이 획기적 사고 발생 사태로 냉동 인간의 탄생이
사실화된다면 당연지사 율법 훼손일 거야.

냉장이고 냉동이고 냉각이고 믿고 의지할 한계는 코앞이거늘
과신이나 환상은 금물일 거란 계시

옹졸하다, 이씨

1963. 11. 22. 12:30부로 시각이 정지된 혹독한 동굴에서
부패마저 거절당한
존 F. 케네디 대통령은 그날이 그날로 끝난 상황이어야 지극히 온
당하다.

달력

,

볼 빨간 여인
수줍음 타는 갈망
새 월력을 펼치면서
느낌이 그러했다.

훅 달려드는 잉크 냄새에
원목 향이 어우러져
예쁜 아내와 첫 만남 그 향기처럼
새롭게 감미로워서
마음가짐을 곧추세웠다.

평범해서 애틋하고
건강해서 행복했던
지난날들이 빼곡히 난필로 그려 있을
그 세월의 잡기장

이미 거둔 건
내 것이었듯
또 시작될 것도
내 것일

　　　옹졸하다, 이씨

새로운 희망의
날들, 나날들

새 달력에
울긋불긋
지지고 볶아
한 점, 또 한 점 찍을
사랑놀이나 하며
가위표로 날짜나 지워 보리다, 어찌 됐건 당신과 함께.

도용

,

한낱
한해살이식물인 주제를
찍어다 부칠 데가 없어서
관혼상제 과실 중 좌장인
대추에 견주다니
제아무리
겉모양이 엇비슷하다손 치더라도
많이 부담되고
사무치게 송구하다.

더러는 물큰 씹히기도 하고
때로는 데쳐지기도, 찢기기도
따라서는 벗겨지기도, 썰리기도 했다가
때로는 곰팡이 슬거나, 말라비틀어지기도 하는
압박과 설움이 다반사일지언정
한몫 으깨져
인류 건강 증진에 일조하였다는
자존감으로
하늘 같은
대추란 지존 명칭에

누 끼치는
피폐함은
영영 없을 것임을
만천하에
공포합니다, 대추방울토마토 자족감으로.

모기

,

바람에 나뒹굴다가 발아래서 나붓대는 구겨진 신문 한 장
무심코 집어 눈 찡그려 펼쳐 보다가 흠칫 놀랐네.
"지구상에서 인간을 가장 많이 죽인 생물 '모기'
한해 사망자 수 100만 5,000여 명
지카 바이러스, 말라리아, 뎅기열, 황열병, 뇌염 등으로"
야무진 습격이다.

모기는 억울타고 웽웽 사방팔방 휘젓는데….

강력 범죄 발생 현장,
발뺌하는 유력한 용의자의 방 안에서 유일한 물증을 지니고 있다
는 사실을 아느냐고

숨진 여성의 유전자가 모기 내장 속에 온전히 흡혈되었기에
생면부지여라, 완강히 떼쓰던 살인범 검거에 결정적 단초
혈흔 제공 기여도를 간과 말라 방방 뜨네

킬러가 맞긴 하다만
살인 의도가 없는 생명 부지의 본능이며 종족 번식을 위한 암컷만
의 행위였으니 항상 물리지 않게 청결하라네.

옹졸하다, 이씨

된장찌개, 젓갈 냄새에 게걸들렸으며
더운 날씨 적당한 강우량도 좋은 환경이자 축복이니까 무릇 인간
들아 청결에 긴장하라네.

애애 앵, 애애 앵, 웽 잠시 적막….
앗, 따거!
한밤중 뾰족한 괴음으로 짜증 유발과 동시에
흡혈충 출몰이
수면 방해
신경과민
살의 자극으로
지긋지긋하고 몽롱하여 애꿎은 허공에 팔만 휘젓는 게슴츠레한
몰골이 복장 터진다.

그래, 침착하자.
깨끗해라.
견뎌 내라.
더러는 가르침인데 괜히 성격만 고약해질 이유야 하등 없지 않겠
는가.

아무렴, 자연은 자연인이 자연스럽게 생태계 보전에 슬그머니 에 돌아야지.

혈액형이 O형이라 더 덤벼드느냐?
그새를 못 참아 극성일세.
"아, 따거!"

옹졸하다, 이씨

무능
,

나는 낭인이 될 수 없는 이유가 여럿 있다.

속물만 잔뜩 켜서
든 게 맹물뿐인지라
본들
들은들
맡는들
이치인들 온전하게 깨달을 수 있겠나.

감정이 비루하니
꽃을 보니 벌레 먹은 생채기만 띠이고
소담한들 품 안에 가둘 그릇이나 되던가, 어디
향기를 맡아 보자니 꽃술이 성가시니….

하물며
바람이 불면
아쉬움 빼앗긴 듯 볼멘 심술 나서고
눈비 내리면
울적한 심사가 거추장스러워서 좌불안석이고
새가 날아 울면

사납다 돌팔매로 몰아내고….

더더욱 미련하여
기타 소리에 가락인들 따라잡을 줄을 아나
장구채가 난무한다고 덩더꿍 춤사위 뽐낼 위인도 가당찮다.
운동장의 함성이 심란하다 하여 와락 짜증만 나니 이거야 원….

그러하나
풍류에는 소질이 미천하여 계면쩍어한다 하더라도
달이 휘영청 밝아
잠을 못 이루고
반짝반짝 속살 앓는
시린 별들과
서로 감춘 그 이야기들을 도란도란 풀어
진실을 꿰고 싶은
빨간 정열은
늘 몸 한복판에 숨기고 있다는 사실이 진짜 나란 말이지.

옹졸하다, 이씨

무료

,

바닷모래 한 줌 퍼다가
책상에 쏟아 놓고
빠삭 반짝 빛 토하는 그중 한 알을 유심히 들여다보셨나요?

오묘한 듯 화려함에 감탄하였다면
그대는 사랑을 갈망하고 있다, 입니다.

또 한 알갱이를 살그머니 혀로 핥아 보셨나요?
단내가 물씬하면 사랑을 이미 하고 있다는 인지입니다.

그러다가 잘근잘근 짠 내를 물씬 감상한다면
주고 싶은 마음인데…, 아련하다는 겁니다.

수북한 모래를 한 톨 한 톨 세겠다는 진득한 오기로
그리운 이를 기다린다는 건 도무지 망상입니다.

흔하디흔한 하루라는 세월이 차곡차곡 쌓였을 뿐인 애증에
모래처럼 서걱서걱 따로 노는 것을 초조라 합니다.

밉상

,

친목 회식 자리에서 마침 현찰이 없다며 제 신용카드로 결제하고 회비 제외한 차액을 현금으로 돌려달라는 치졸한 놈, 단골도 아니면서 겨우 한두 번 안면 좀 텄다고 "나 왔어!"라고 칼국수 식당에 들어서면서 갈비 꽤나 처먹을 것처럼 꺼드럭거리는 본새 가관인 놈, 어디서건 대우가 못마땅하다고 되나따나 고래고래 어깃장 놓는 밴댕이 소갈딱지인 놈, 우러러볼 인품도 아닌 자한테 콩고물이나 묻혀 볼까 안면 썩소로 굽실거려서 항상 구부정한 놈, 삼겹살 석쇠에 올리자마자 게걸스럽게 탐하는 생식 마니아인 놈, 외국 노동자라면 깔아뭉개고 무식한 왕년 자랑한답시고 육갑 떠는 놈, 자잘한 감투 차지에 교언영색 안달복달하는 상태 그른 놈, 밑바닥 흩어진 지식을 주워 제 학식인 양 생색내다가 머쓱해지면 긁적긁적 슬그머니 사라지는 덜떨어진 놈, 머리카락 짧게 커트해 달라더니 히죽히죽 예쁜 미용사만 빤히 쳐다보며 엉뚱 발칙한 상상을 즐기다 너무 짧다고 성내면서 투덜투덜 문을 박차는 못된 처신으로 젊음을 낭비하는 놈, 대형 매장 시식 음식을 게걸스럽게 탐해서 눈치 좀 줬다고 매니저 나오라 핏대 세워 악쓰는 놈, 예식장에서 식권 2장 챙겨 배 터지게 뷔페식 먹고 선물 가방도 받아 으스대며 덜렁덜렁 빠져나가는 뒷모습이 볼썽사나운 놈, 비루한 수캐처럼 분 냄새에 헤벌쭉하여 그 옆만 슬렁슬렁 질척거리는 늙수그레한 슬픈 나날을 한숨으로 지내는 육십 막 들어선 부실한 놈, 나설 데 안

옹졸하다, 이씨

나설 데 변별 못 하고 천방지축 빠대는 놈, 선거철만 되면 될성부른 후보자 꽁무니에 빌붙어 득 될까 기웃대다가 아니다 싶으면 반대쪽 후보 진영에서 알짱거리는 놈, 모텔 나올 때 호주머니며 손가방이 볼록하여 장애인 걸음걸이로 꼬락서니 흉해 뵈는 놈, 흔하디흔한 문학지에 무려 일이백만 원 투자로 시인 명함 얻어 글쟁이랍시고 빈 깡통 빈 수레 베레모 챙겨 쓰고 날 것처럼 거드름이 뻔뻔스러워 더는 못 봐 줄 눈꼴 속상해진 나는 매일 울먹이며 감성으로 창작한다는 가당찮은 허세꾼이로소이다.

하여, 힘겨운 빤한 세상 내가 아는 밉상은 이게 전부이기를 간곡하나이다.

별짓

,

소파에 눌어붙어 리모컨으로 백 번을 조리해도 얻어지는 건
성질 곤두설 뿐인 TV 화면에
침 튀기지 말자면서 화풀이 겸사겸사
땀이 끈끈이 밴 티셔츠하고 바지를 냉장실에 넣었다.

난닝구하고 빤스도 냉동실에 바싹 얼렸다가 한참 만에 입었더니
짧은 동안만은 맛없이 서늘하나
뒤통수는 흐물흐물
여하간
불신과 불목은 묽어졌다.

해망한 용도 변경에 쯧쯧
토 달던 마누라도 얼렁덜렁 그리해 보더니 좋단다.

요냥조냥 허다한 뚱딴지 짓거리에 각설하려 해도
뭔가 꼴사나운 잔털이 자꾸 성가셔 후덥지근한 증상이 되풀이된
다면
냉장고 문을 활짝 열어젖히고 두개골에 냉기를 따끔하게 쏘여
같잖은 것들 틈바구니에서
시원하게 발뺌하는 것도 현실도피 구실로는

제까짓
더할 나위 없을
벌짓거리로는 그만이다.

비교

,

해마다 피는 꽃,
백 년 만에 피는 꽃

백 점짜리 옆집 딸아이,
사십 점에 히죽대는 내 녀석

슬림 팬츠 착 빼입고 삐뚤빼뚤 재는 사모님
헐렁한 몸빼 둘러 입고 호미 감자 캐는 아내

10억 세월호,
1억 천안함의 만신창이 숨 값어치

눈꽃 등심 포식, 냉면 입가심
소고기라면 끼니

뒤룩뒤룩한 딸은 우적우적
팔등신 여대생은 깨작깨작

누가 더 맘 편할까.
누가 더 속상할까.

옹졸하다, 이씨

비애

,

봄인데
그야말로 봄인데 나만 그런가?

어쩌나,
안달 난 수캐처럼 함부로 날뛰고 싶고
꽃샘 향기 주구장창 맡고 싶고
무수히 쏟아지는 오로라만큼이나 돈벼락 맞고 싶고
잘난 것들 엉덩이에 돋은 뿔 싹둑 도려내고 싶은데
장가 잘 가 노상 입 벌어진 친구한테 삼겹살을 거나하게 얻어먹으
면서도 화통이 와글와글 왜 끓어오르는지 이유를 모르겠어.

노역으로 흠씬 젖은 쩐 내도
구정물 물씬 젖은 아내 앞자락 쉰내도 여태껏 무던했는데
요새 들어 왜 이런 다냐? 급작스레 늙어 가는가, 화들짝 꼬부라지
는가.

이제 보니 참 못났다. 골 부릴 걸 부려야지.
이 꼴 저 꼴 삼켜도 될 나이에 잔꾀만 괴나, 남들은 무심한데 괜한
역정이라니
제미할

반성과 회개로 날 밤을 새워도 모자랄 나머지 초시간에
헛사는 게 틀림없거나 알코올성 치매 환자이거나

백 번 천 번 귀싸대기 맞아도
정신 뚫릴 리 없어 한없이 거듭나야 할 딱한 중생이로고.

옹졸하다, 이씨

빈손

,

내 것이 무엇일까.
내 것이 곰곰하다.

누가 캐묻는다 해도 설레설레 젓고
누가 파묻는다 해도 절레절레 도리질뿐

나다 가다
말 한마디
글 한 줄
남김 없으니
하여간 잘됐다 싶다.

그나마
이러한 인성도
내가 나였기 망정이지.

삽화

,

그랬었나요? 그랬었구나….

꽁꽁 얼어붙은 된통 추운 겨울날 칙칙한 건넛방서 개다리소반 펴고 휘릭휘릭 국어책을 펼치는데 천방지축 녀석들이 자꾸 내 이름을 고성으로 꼬셔 댔다. 나는 진짜로 공부를 하고 싶었는데.

주운 철사 쪼가리를 고무신에 얼기설기 동여매고 버쩍버쩍 얼음 갈라지는 논바닥에서 골백번도 더 나자빠지면서도 왁자지껄 신났던 이른 봄맞이 얼음장 놀이.

어떤 삼촌이 기울 데가 더는 없어서 버린답시고 벗어 준 누덕누덕 뻣뻣한 코르덴 바지는 달캉달캉
미제 밀가루 포대로 덕지덕지 기운 내복마저 으슬으슬
벌쭉해진 목양말은 말할 것도 없고 발가락은 빨갛게 통통 붓고
콧물도 시큼하게 얼어붙었는데 갈기갈기 터져 따가운 손등으로 아무리 훔쳐 봐야 개칠로 번질 뿐이었던 그 찌질이가 영락없는 나였지.

무릎을 반절 접어 납작 엎드려 삽짝을 지그시 밀며 살금살금 기어들던 나를 멀찍이서 겨우살이 걷어낸 북데기 태우다 발견하고는

옹졸하다, 이씨

뒤뚱뒤뚱 마중하다가 느닷없이 부지깽이로 등짝을 후려치던 척추가 헐렁헐렁 낡고 가냘픈 듯 볼품 삐딱한 퇴물 머슴 같아서 순간순간 엉겁결 부정하고 싶었던 그 여인이 정녕 내 어미였단 말씀이시죠?

아, 아
정말이었구나, 참말이었어.

민둥산 모퉁이 흔적조차 미미한 분봉에도 여지없이 눈보라 치는데 한참 지난 몇 해 전 그날 무심코 꽂아 놓았던 휜 소나무 한 그루는 어이 성성하여 만만하건만 부질없는 이놈은 이제야 부복하여 목청을 흐늑흐늑 풀어 봅니다.

습성

,

작은 하나의 돌이 누워 있었네.

말로는 청산유수인 평생 소설가 지망생은
곁눈질로 감상하다가
문득 두드려 보기도 하고
툭툭 굴려도 보고 깨물어도 보았다가
구름 위로 올려보거나 빛의 굴절이 오묘하다 하여 청승맞게 요모
조모 떼었다 붙이기가 차마 감당 안 되면 투덜투덜 심술궂게 내동
댕이친다.

시를 깨작거려 보겠다는 자칭 시인은
묻은 흙을 바짓가랑이에 닦아
바람 소리 들릴까, 귀를 쫑긋 세워 파도 소릴 간절하나 싶더니
손수건을 꺼내 어지간히 윤을 내고는 혀로 날름날름 핥다가 별 볼
일이 하찮았던지
길섶에 슬그머니 도로 누인다.

그런데
그냥 먹충일 뿐인 골 때리는 언 놈은 헐레벌떡 지나다가 대뜸
알은체 허리 굽혀 가슴에 보듬는 둥 허벌나게 반기더니

옹졸하다, 이씨

짱박아 둔 망치로 아작아작 바스러뜨려 한 움큼 씹어 처먹는다.

나는 내가
그 아무것도 아니므로
다만 돌부리에 걸어 채이지 않으려고 땅바닥만 보고 그냥 걷는다,
살금살금.

자책

,

약삭빠르고
시건방지고
센 척하고
있는 척하고
지적인 척하고
이간질이나 하고
구태의연하고
게걸스럽고
허세로 우쭐대고
알랑방귀 짓이나 하고
주고 빼앗기에 이골 난
주변의 오염 뭉텅이
치사하게 못된
나는
당장
날벼락을 맞아도 싸다.
된통 오지게.

옹졸하다, 이씨

촉각

,

그대의 눈빛을 듣는다.
"사랑해도 될까요?"
"그럼요, 그럼요."

그대의 향기도 듣는다.
"결혼할까요?"
"첫 상견이잖아요."

그대의 온유한 미소가 들렸다.
"지금 딱 좋은 분위기인걸요."
"그럽시다, 사랑합니다!"

그대의 날갯짓이 감미로이 들렸다.

천만 송이 봄꽃이 만발한 정원 창공에서 세상을 다 가질 듯
격렬한 생존경쟁의 시발이 자르르 가슴으로 울렸다.

축우

,

작달비가 쏟아붓는
한밤중
드문드문 불 밝힌 커다란 병원
지하 영안실에서
빗발 사이로 훌쩍훌쩍 곡소리가 스산한데

일 층, 이 층…, 육 층 신생아실에서
파란 불꽃이 찰나, 반짝 튀더니
새 생명의 첫울음이
하얀 빗줄기를 헤치고 기세가 사방으로 우렁차다.

할아버지의 짧은 백 년이 삭은 뼛가루로 나무뿌리에 묻힐 때
증손자는 긴 백 년을 차차 호령할 것이다.

죽음도 그렇게 보내고
탄생도 이렇게 모셔 오는 것

둘 다
거룩한 祝雨이기에 찬양이다.

옹졸하다, 이씨

풍문

,

먼 데 것 담아 오고
이쪽 것 날려 보낸 소문은 귀청이 팔랑팔랑 고소하다.

입술 얇은 직립보행자는
있어도 없고
없어도 있는
진득함도 요령이니
가벼운 듯 험한 바람은 치아 틈새에서 거를 정도면 좋겠다.

철겹게 둘러보라
허접스러움이 한 둘이겠나
허물이 허물을 벗기는 이기적 세상과 동거하려면
간지럽더라도
결 고운 척 태연을 가장해야 뜬소문도 잦아들지.

허울

,

언제이려나
스스로 날 위해
박수 칠 날이

무수하게
공상만 헤아리다가
점점이 흩어지고 난 뒤
손에 쥔 것은 거품 같은 구름뿐일세.

알다가도 모르기만 했던
가소로운 세월의 허울

결코 인생 여정을 되돌리고 싶지 않은
구차한 순간이
문득문득 허공에 매달릴 때마다
이렇게 민망할까.

박수 받기는 고사하고
손사래 치는 짓은 면했으니
그나마 견줄 만한 인생이 아니었냐고

옹졸하다, 이씨

건방을 떨다 보니
그 버릇
개 주긴 글러 버렸네.
아예 글러 버렸어.

혼탁

,

어디가 아랫길이고 윗길인지 그저 펑퍼짐한 시냇물이었다.

가만 보니
맑디맑은 물살이 갤갤갤 쌀알 모래톱을 희롱하자
새끼손가락 크기만 한 피라미가 몸뚱이를 차돌려
허연 배때지를 햇볕에 반사시키니 비늘은 찬연하여 자태가 요염
하다.

그 무렵
사내아이들은 덜 익은 잠지를 드러내 놓고 "내 자지 사요, 아이스
케키 사 먹게."라며 천방지축 주물러 댔다.
겨우 무릎 차거나 더 얕디얕거나 말거나
덥혀진 여름을 텀벙질로 녹이자는데
다리 위를 걷던 계집아이가 키득키득
철퍼덕대는 꼬락서니를 도리적으로 못 볼 필요는 없었겠다.

그 시절
한낮의 무심천 냇가는 열린 빨래터였다가 어둠이 촉촉이 깔리면
다리 밑 웅덩이가 아줌마네 공동 목욕탕 구실로 톡톡히 하였는데

옹졸하다, 이씨

어느 날부터

위 물길에서

시뻘건 광목 필 무더기가 유유한 물길에 풍더덩 패대기쳐지더니

한참을 치대이고 빠대고 나면 고당다리 난간에 널리는 꼴불견이

빈번하자

냇물은 금세 시커멓게 뒤틀려 캘캘 흘렀고 큼큼한 악취는 사방에

진동했다.

머지않아

모래무지나 송사리는 물 위로 둥둥 나자빠졌고 가시마저 빠지작

타들어 갔고!

몇 개월 후

빛깔 뽀얀 모래알은 검붉게 착색되더라.

그렇게 냇물은 끈적끈적 고리삭고 있는데 어처구니없는 탁상머리

자연보호 전문행정가가

생태 하천 복원 전문가의 솔깃한 홀림에 꾀여 여태 생색 기미조차

없던 수달이 나타났다고 온갖 매체에 나발 불고 고함치데. 소문은

무성한데 실체는 깜깜한 상황이었지.

그럼 그렇지.

들쥐도 아닌 족제빗과 짐승은 썩은 둠벙에서 제 살을 썩혀 가며
연명하고픈 깨달음이 전혀 없는데도 믿어 달라던 썩어 문드러질
완장 꿰찬 작자는 강변 아파트가 늘어날수록
아니나 다를까, 삽시간에 배꼽 언저리가 빵빵하게 부풀더라.

옹졸하다, 이씨

5부

●

감각

간병

,

언제부터 기억조차 없이 처지가 이리됐을까, 매일 반복되는 고역살이에 부아가 어수선한 도묵 씨는 애써 아랫입술을 잘근잘근 깨물며
아침상 설거지를 끝내고
시린 손 툴툴 물기 말리고
덜 식은 주전자 물컵에 따르고
한꺼번에 믹스커피 두 봉지 탈탈 털어 휘휘 젓고 있으니 아까 떠먹인 꺼끌꺼끌한 된죽 삭히라고 엉거주춤 겨우 앉힌 마누라가 처연하게 눈망울을 희멀거니 굴리며 한껏 입맛 구슬리고 있기에
"입맛 다시지 마. 안 돼. 임장 당 수치가 천상을 찌를 만큼 높아서!"
그새 김이 흐지부지 흩어져 미지근하긴 해도 달짝지근한 향은 고슬고슬 피어나는 커피 잔을 입언저리에 닿을 듯 말 듯 줄까 말까 시늉으로 간지럽힌 심술의 치졸이 가득 담긴 멀건 물을 느긋하게 쭙쭙, 쩝쩝 머그컵 닳듯 핥아 호룩후룩 음미하여 넘기니 아내의 눈에서 결국 눈물이 글썽하여 살짝 맵기도 했다.

사십여 년을 호된 고생고생하다가 겨우 시간적으로나 금전적으로나 옥죄던 굴레를 벗어나 여유를 찾아 자유롭겠다고 작심했던 그녀. 타고난 건강함으로 살판을 오지게 챙겨서 산으로 바다로 딴나라로 휘저어 싸다녀 보겠다고 얼씨구나 쾌지나 칭칭 날아 보겠

옹졸하다, 이씨

다는 의욕이 건방졌든지, 밉보였든지 여하튼 주변에서 시샘을 하더군. 그토록 팅팅하던 아내가 아침밥 짓다 말고 물커덩 주저앉던 그날 이후 요런 기구한 운명을 건네주더군. 사 년 전이었던가, 그날이 어느새….

달싹달싹 어눌한 입 모양새는 영락없는 욕지거리고
어중띤 샐쭉한 눈꼬리가 밉살맞게 거북하여
바라보기가 어찌 그리 불쌍타 처량한지 그만 눈시울이 핑 돌아 눈물 그렁그렁하고….
하여간 일과의 시작이건 끝이건 죄다 더디고
휴우, 하염없이 진창 고되어서
주름 펼 낙도 없고
젖은 세월은 버석버석 흔들리기만 할 뿐 누구에게 대고 하소연도 쉽지 않아, 답답하니
죗값 옥살이 치르는 퇴로 없는 이 노릇

어쩌라고
뭘 어쩌라고
노다지 어찌하라고
명치만 찌릿찌릿 먹먹하냐고.

고독

,

고독도
고독해서
고독 때문에
고독함으로써
고독할까 봐
고독한 메아리 되어
고독이 애잔하게 심금을 쥐어짤 때
고독을 불면으로 밀어 넣거나 휘어잡아 패대기치듯
고독하여 몸부림칠 즈음이면
고독 씨, 사랑으로 껴안아 주세요.
고독을 더 센 쌉싸름한 고독으로 입 맞춰 주세요.

고독이 온기를 머금을라치면
고독도 향기로운 애증이라서
고독을 곁에 끼고 친구라 일컫게 됩디까.

엉뚱함이여.

옹졸하다, 이씨

고해

,

애틋한 어머니
을씨년스러운
거기 한데서
여태
서성서성 기다리는 줄 몰랐어요.

자나 깨나
어머니 흔적은
오로지 희생이었고
기막힌 사랑이라 이제 겨우 알아챘는데

아직도 덩그마니 남아
나에게만 아스름히
길 잡아 주시니
그 빚
갚을 요량 어디에서 구해야 하나요?

속죄를 허하신다면
느지막이 다잡은 이 흐리멍덩 초라한 정성으로나마
고루고루 나누어

뜻을 감싸겠나이다.

옹졸하다, 이씨

노을

,

뉘엿뉘엿 석양
어둑어둑 땅거미
꼬부랑 어머니
쪼글망태 아버지
반들반들 내 대머리
뱃살 팅팅 조강지처
다르지만 같은 느낌
조악한 검버섯 같은 여운

왜 이다지 애잔할까.
나도 내가 모르겠기에
허공에 목청껏 내질러 본다.
"늦은 겨울 하늘아, 많이 부끄럽구나!"

둔재

,

헛살아서
내 편은 도무지 없구나.

하물며
아내도 저쪽이고
더군다나
애들도 훌쩍 날아가 편을 버렸으니
허구한 날 청승이다.

언제부터였나
언덕에 서서 바람에게
다리 난간에서 강물에게
물으나 마나 한 심사를
가래침으로 뱉어 냈더니
토실토실 씨앗 익히던 들풀이
에구머니, 오그라들고
태연히 자맥질하던 오리 몇 마리가
푸득 푸드덕 차오르는데
검붉은 물갈퀴에서
땀방울이

옹졸하다, 이씨

주르르 흐르는 것을 보았다.

그래, 그거였어.
오호라, 그랬구나.
그래서 뒤처졌구나.

배반

,

제대로 할 수 있는 게 없고
하기도 싫고 알고 싶지도 않았다.
배려도 모르고 용서는 더욱 모르니
구실인들 오죽하였겠냐만
더티한 세상 물정에 침 뱉을 줄은 안다.
그보다 더한 욕도 내뱉을 줄 안다.

일찍이
난 척할 때 알아봤어야 했다.
청량한 약수로 손을 씻는 척
깨끗한 영혼을 소유한 척
맑은 피가 콸콸 요동치는 척
깔끔하여 티끌 하나 털리지 않을 척한
다중인격자를 어찌해야 할지
분통에 부글부글 게거품이 끓는다만
사랑도 모르고 용서도 모르는 무식쟁이는
구름이 떠도는 사연과
바람이 머무는 연유나
파도가 부서지는 심정을
헤아리지 못하는 울화에 너무 슬프다.

옹졸하다, 이씨

뜨악,
죽음은 변명 아닌 후각적 배신이다.

불효

,

내가 누군가.

내 생명은

온전히
딱 한 분 아버지
꼭 한 분 어머니의
찐득한 한 방울의 피일 뿐이다.

허투루
헛되이 흘리지 말았어야 했다.

나날이 조마조마
오그라드는 심장을 움켜잡고
얼마나 흐느꼈을까.
나의 하늘이.

왜 그랬을까.
왜 몰랐을까.

옹졸하다, 이씨

영산홍 꽃물만 붉은 줄 알았으니….

곰곰궁리

나는 누구던가.

차라리
나만 몰랐으면
다행일까.
도리어 위안이나 삼게끔

허랑방탕 오만한 저지레 죄인.

상강

,

마당에 늘 그런 듯
무성하게 매달렸던 감나무 이파리가 된서리 탓인지
우수수 떨어져 수북하게 쌓였습니다.
예보대로 춥긴 추울 올겨울이 오려나 봅니다.

2024년 10월 23일 수요일, 따사로운 햇볕 들면
어슬렁어슬렁 검불들을 모아 태우렵니다.
타는 가을 끝자락에서 북데기 향이 은근히 번지면
무작정 때 이른
봄을 기다려 보려고요.

가을은 그럭저럭 운치라도 즐기지만
겨울은 이래도 저래도
당최 껴안기 싫은 계절입니다.

옹졸하다, 이씨

성찰

,

나이가 무거우니 여유조차 묵직하여 감당하기 버거우이.

가슴 뛸 때
눈빛 강렬할 때
향기 뿜어 줄 때
환희를 안겼을 때
아집을 세웠다는 사실이 창피하구려.

행운의 여신은 거치적거릴 만큼
널려 있을 거란 착시 현상이 자만이었다는 걸
겨우 알아 가려는데
근육은 몽창시리 빠져 버렸수다.

그래서
보이는 앞의 만물에
이제라도 새뭇새뭇하다 보면
느슨했던 맥박이
통통 살아나 주려나
변명을 반성처럼 채우려 하오.

아내

,

어머니
아머니
어머니
아머니

자처
그의
그림자는
한술 더 떠
토닥토닥

오냐오냐
그러고 말고
아,
똑
어머니 숨결

곁에
아머니 곁 있어
발을 쭈욱 법습니다.

옹졸하다, 이씨

스르르 걱정을 벗습니다.

애증

,

밤에는 옹골차게
아침에는 낭랑하게
나절에는 속삭속삭
어스름해지면서 나긋하게
포장마차 전등불에
술잔을 기울여
부질없는 약속을 다시 건다.

후유~
입술 자국 바랜 지 언제더라
몇 계절이나 되돌림되었을까
숱 많던 머리카락 세어 본 지 꽤 오래라서
생김새도 까마득한데

까닭을 채근 말고
환경을 에두르지 말고
해후를
목 길게 빼고
기다려야지.

옹졸하다, 이씨

도란도란 다독일
그날이 까마득해도
약속이 닿을 때까지
기다려야지.
기다려야지.

업보

'

남의 애틋한 우정과 감미로운 인연의 소중함을 조용히 듣는 듯 읽다가 지그시 눈을 감아 봅니다.
느끼는 바를
뇌세포 한 오라기에 어물쩍 엮어 소유하려니 얼추 속상합니다. 오붓이 정 나눌 짝 한 명 곁에 없다니….

사랑에 목마른 이는 사방 언저리에 무수할 텐데 곁을 보듬지 못하고 먼 데만 하염없었으니 순 엉터리 인생이 아니었나, 무엇을 어쩌지 못하는 심약한 작태가 우울하여 목울대마저 바르르 떨립니다.

그러한 염원은 억지나 강요가 아닌 진드근한 기다림에서 곱게 구성되는 것이란 걸 겨우 깨닫고 차근차근 정성으로 구애하고 싶지만 나약함이 어련하겠습니까.

익숙한 척 진지한 척
'그대에게 내 모든 것을…!'
이러면 애정이 감명 깊어 슬그머니 짝꿍으로 받아 주려나 말주변이 머쓱하여 싱거울까 봐
미덥지 않아 번민이나 수북이 안고

옹졸하다, 이씨

질척대거나 노상 그래 왔던 대로 빈들대다가 그러면 그렇지 지레 쪼그러지는 자잘한 인생입니다.

이별

,

언제냐고 묻지 마라.
내일일지
일 년이 될지
십 년 후일지
오십 년 지나서일지도

모른다, 모른다니까.

너 하기 나름이란다.

옹졸하다, 이씨

직시

,

울다 보니 그 눈물이 마중물이더라
볶다 보니 고단이 고소해지더라
보듬어 살다 보니 행운이 펄럭이더라
세월이 순간과 찰나 사이 마디마디
옹이를 심었어도 아랑곳 않겠다.
나를 우리로 따져 보니 거룩한 생존 고리이던걸.

잡초

,

그미는 억척빼기 DNA를 속속들이 챙겨 지닌 듯 허구한 날마다 성가시게 극성을 떨데
행동이 거칠면 마음이 삐뚤어진다 해도 그리된들 대수냐며 곳곳의 틈새에 홀씨를 흩트려 줄곧 거기서 용케 버텨 내기만을 간곡하던걸
어느 구름에서 비가 내릴지 예견하는 능력은 좀 있겠다 싶긴 했었어. 감이 오더라고.

어차피 산다는 건 자연과 인간, 순리와 모순, 자기와 자신의 지지부진한 싸움인지라 그간 숱한 굴욕도 있었겠고 분노의 가슴앓이도 솔찬히 했을 텐데 풍각쟁이를 거두어들였으니 여간 아니겠구나 싶었지.
오죽하면 길섶에 지천인 잡초와 동등으로 취급할 수밖에 더 있었겠냐 싶기도 했고.

그나마 그간의 모진 생명을 부지하며 한 가정을 보람되게 이뤄 낸 생존 기술은 쌉싸래하게나마 버팀목이 되어 준 순전히 내 덕이라네, 글쎄.

옹졸하다, 이씨

그녀는 그래 놓고 햇살 눈부신 날이면 영락없이 시달려 기운 빠진 사족을 툴툴 털고는 민망해서일까. 느기적느기적 어정쩡히 하늘을 올려다보고 함박웃음을 피워 보이며 더 탐할 게 없어서 좋다고 자존감 털어 내듯 너스레를 떠는 표정이 천진하여서 오늘은 낯선 포옹일지라도 꼬옥 보듬어 줘야 할 밤꽃 향이 촉촉이 밴 성도 이름도 개무시당하고 싸잡아 흔하디흔하게 불리는 순둥이 민들레 당신.

추억

,

우연히 토막 난 철마 선로에 섰다.
'철마는 달리고 싶다'는 먹먹한 외침에 시선 두다가
홀연
언제 들어 봤더라, 화통 삶은 소리.

뿌앙뿌앙이었던가,
쿵탕쿵탕이었나?
누구는 칙칙폭폭이라 하였던데
뿌악뿌악도 어슴푸레하고
철컥철컥 덜컹덜컹거린 것 같기도 하여 정겨운 가물가물한 맛

레일 위를 한쪽 까치발로 디디고 서니
그제야 기차가 보이는구나.
레일에 가만가만 귀 대어 보니
이제야 소리가 깨어나는구나.

그 감성까지 살아나니
정감의 눈시울이 젖는데
소롯이 딴전 피우던 망초 꽃잎도
화들화들 화색을 남발하며 반기니

옹졸하다, 이씨

낭만이 알큰하여 귓전이 맹맹하다.

탄식

,

어머니는 한숨을 달고 사셨다.
천성은 아니셨고 이런저런 연유야 앞산 뒷산 합하고도 모자랄 지
경이었겠지.

속이 홀라당 타 버려서 거메진 연기만 질펀하게 토해 내셨어.
천 가지 만 가지가 너무나 촘촘하여 삭이지 못한 화딱지 그을음이
아녔던가도 싶다.

- 저 잡눔은 커서 뭐시깽이가 될라구 저 발광이다냐….
- 막되 처먹기가 지 애비 영락읎는 불한당 눔이란 말이지….
- 허구한 날 빼달이만 디립다 빼박는다구 읎던 금가락지가 솟아
난다냐, 피 빨다 썩을 거머리 같으니라구….
- 산다는 건 천복인 겨! 빌어먹구 댕길지언정 처신만은 똑바로 혀
야 혀.

발악스럽게 그렇게만 사는 건 줄 아시다가 종당에 꽃놀이 관광버
스 한 번 못 타 보고 꼼짝없이 병상에 늘어져 입술만 달싹거리시니
말마따나 커서도 한세상 살까 말까, 하다 말다 거푸 포기를 밥 먹
듯 하는 사내구실도 못 한 오사리잡놈은 구슬프게도
어머니 얼굴 한 번

옹졸하다, 이씨

창밖 하늘 한 번
물끄러미 쳐다보는 일 말고는 아무것도 할 수 없는 천치 멍청이가
되었다네.

그분처럼 긴 숨에 묻어나는 눈시울만 주먹으로 뭉텅 훔칠 뿐이네.
아, 아아, 아아아.

해탈

,

손깍지 풀지 말고
볼그레한 모습 그대로
그러려니
그러면서
어제처럼만 살자.

어떠한 것이 속상하고
무엇을 더 탐하겠다고
애달파 하나.

어차피 덫에 갇힌 세월
안달복달하느니
그대 미소 한 번 더
떠올려
흐뭇하겠네.

옹졸하다, 이씨

허무

,

바람 들었네
　　피웠네
　　맞았네

아서라. 귀 닫고
　　　눈 감고
　　　입 막고

시치미 뚝 떼느라
그럭저럭 살려 했더니만
몰라도 너무 몰랐을까

폭삭 삭아 버렸다.
　　망조 들었다.
　　갈 곳도 없다.

구겨진 인생의 막장을
저 잿빛 구름 속에 숨기고
빌붙을 구석 못자리라도 있을까.
뒷구멍으로

자락을 감추고 싶은 우중충한 심경.

옹졸하다, 이씨

헛물

,

옆구리가 시린 듯
후덥지근한 듯하여
가끔 그 물건이 필요할 남정네라면 요긴하달까.
그깟
생명 없는 노리개 죽부인에 해낙낙한다는 건 여러모로 가치 떨구
는 낭비다.

어쩌다 귀신이 도술을 부린다 해도 얼기설기 다듬어 뻣뻣하게 휜
나무거죽 주제에 무슨 수로 사그라진 욕망을 부축하여 대리 만족
이나 시켜 줄 수 있겠어?

홍알홍알 분탕 치고
하몽하몽 요분질도 턱없으면서 공연히 헛물켜느라 아랫도리만 흐
늘흐늘 볼썽그른데
열 개건 스무 개건 허깨비가 무슨 소용이람.

밤샘 기대치에 용쓰다가 민망하고 허망하고 부숭숭하여 영 쓸모
가 별수 없다면 냉정을 회복하여 가차 없이 뽀개고 헝클어서 새벽
녘에 군불 지필 아궁이나 찾아보라고.

환상

,

없던 살구나무
달빛 사랑으로 볼 익어 살짝 붉은빛이 착색된 주홍 열매 한 알이
달달한 향내 뽐내며 입술을 헤집고 내면 깊숙이 밀어 듭니다.
무슨 영검일까, 콩콩 뛰는 심장박동에 화들짝 자리 박차고 멀뚱멀
뚱 살펴보니 거무죽죽한 밤이 지나고 있었습니다. 벗은 몸 이곳저
곳 열꽃 핀 현상에 후끈하여 밖을 내다보았으나 별도 달도 바람마
저 사라진 그렇고 그런 새벽 길목

그날 오후
낯선 전화벨 울림에 미적거리다가 시큰둥 대꾸했더니 상대방의
고아한 음성은 단박에 현혹될 정도로 경이로웠지. 삼삼한 호기심
에 정신 세우고 긴장을 다듬었습죠.
정겨운 듯 다소곳한 듯 문화인인 듯 감미로운 듯 구수 짭짤한 붙
임성이 청각에 달라붙더라고.
"선생님, 주저하다 망설이다가 용감하기로 작정했어요. 십여 년 전
출간하신 작품집이 우연히 눈길 들어 독파하면서 뜬금없이 뵙고
싶어졌답니다 허락되는 시간을 기대해도 되나요?"

옹졸하다, 이씨

이런 세상에나! 어찌나 설레던지 십수 년 만에 호탕의 함박꽃 미소가 번지르르해진 느낌이어서 지워지기 전에 얼른 거울을 들여다보았습니다. 착각의 자부심이 건방지기는커녕 생기 꽃이 널널하게 번졌더군요. 착하게 살아 본 지가 언제였더라? 표정 관리가 식기 전에 '네, 네네'로 연답했지요.

인연의 시작과 끝은 짧은 만남 긴 여운이었지만 대단한 영광이었습니다.

분명한 사실, 아직 흘러간 과거는 아닐 거야….

그녀는 내 평생 접해 보지도 못했던 맛깔스러운 과일이었소. 웬만큼 다른 과실에 견줘도 백 배나 새콤달콤 풋과실 내음을 살포시 품은 '플럼코트'를 닮은 사랑이라 행복이 포만했답니다

영원토록 볼에 씻어 먹고 싶은 감칠맛.

옹졸하다, 이씨

1판 1쇄 발행 2024년 11월 22일

지은이 이철희

교정 주현강　**편집** 김해진　**마케팅·지원** 김혜지

펴낸곳 하움출판사　**펴낸이** 문현광
이메일 haum1000@naver.com　**홈페이지** haum.kr

블로그 blog.naver.com/haum1000　**인스타** @haum1007

ISBN 979-11-94276-44-9 (03810)